后浪

龙彦之国 绮谭集

涩泽龙彦 —— 著

王子豪 —— 译

四川人民出版社

目　录

极
乐鸟

极乐鸟种类繁多，迄今为止人类在东南亚至新几内亚的地域内发现的极乐鸟亚种已逾百种。然而，在欧洲传说中登场的极乐鸟特指栖息在新加坡及爪哇岛的品种，它们体形最大、姿貌最美。博物学家林奈[1]根据中世纪的传说为其取名大极乐鸟（Paradisaea apoda）。拉丁语 apoda 意为"无足"。中世纪的人们普遍相信极乐鸟是没有脚的。

因此，无足的极乐鸟既无法在树枝上停息也无法落地，它们唯有昼夜不停地在天空中盘旋。只要生命尚未结束，哪怕是休憩入睡之际，极乐鸟也必须继续这场漫长的飞翔。只有面临死亡之时，它们才初次降落在大地上，因

---

[1] 卡尔·林奈（Carl Linnaeus，1707—1778），瑞典生物学家，创立了动植物双名命名法，奠定现代生物分类学的基础，著有《自然系统》《植物种志》等。——本书中所有页下注均为译者注，如无特别情况，下文不再特别说明。

而人类只见过死去的极乐鸟。15世纪末，这一传说已经在欧洲流传甚广。

有一种说法认为：起初，与香料一同从东方岛屿被舶运回欧洲的极乐鸟不是活物，而是被原住民摘掉鸟爪后制成的标本。亲眼得见无脚极乐鸟尸体的学者们不禁异想天开，捏造出一则如此牵强附会的故事。但是这种观点难以使人信服。乍看之下严丝合缝的解释，往往经过再三斟酌后，反而由于过于符合逻辑而颇显可疑。其实传说故事未必需要合理解释，它们原本不就是诞生自想象力的无偿嬉戏吗？

比如《闲话世界动物史》的作者赫伯特·温特[1]曾发表过一个大胆的假说。

以环球航行为目标的麦哲伦船队出发之时有五艘船，最后仅有维多利亚号平安返航。1522年9月8日，维多利亚号载着18名被坏血病折磨得憔悴不堪的船员，终于抵达塞维利亚港。这艘船上不仅载满了东印度群岛的贵重香料，还带回了摩鹿加群岛的一位酋长送给船长埃尔卡诺[2]的极乐鸟标本。这种名叫极乐鸟的动物在欧洲实属罕见。最不可

---

[1] 赫伯特·温特（Herbert Wendt，1914—1979），德国作家，其创作涉及动物学、人类学和考古学领域，代表作有《我寻找亚当》《动物的性生活》等。

[2] 胡安·塞巴斯蒂安·埃尔卡诺（Juan Sebastián Elcano，1475—1526），文艺复兴时期的西班牙航海家，在麦哲伦遇难后继任船长，率领船队完成环球航行。

思议的是，极乐鸟的眼睛周围缀满鲜艳羽毛，它无肉无骨，甚至没有脚。这些鸟儿像空空的口袋一样被压成扁平状。热衷幻想的人猜测这是一种来自天国的鸟。这么猜想也不为过，因为极乐鸟向人们展现的绚烂确乃世间鲜有。

摩鹿加群岛的酋长赠送的极乐鸟，今天被称作小极乐鸟（Paradisaea minor），与大极乐鸟相比，它们体形娇小，色彩的华丽程度也略逊一筹。然而，对于初见极乐鸟的西班牙博物学者而言，这些差异似可忽略不计。根据温特的观点，极乐鸟传说始于西班牙博物学者弗朗西斯科·洛佩斯·德·戈马拉[①]。他是埃尔南·科尔特斯[②]的秘书，曾随其前往美洲，因写下《印第安通史》而广为人知。不过这与我们的极乐鸟没有关系。据说，在调查埃尔卡诺带回的鸟类标本时，洛佩斯·德·戈马拉只顾惊叹极乐鸟无脚无骨，丝毫没有发现它们实为原住民精湛工艺的产物。

坦率地说，我认为上述温特的说法怎么看都相当可疑：即使这些标本再惟妙惟肖，一个专业的博物学者竟然没有识破这是原住民的工艺品，难道他对鸟类的身体构造一无所知吗？古希腊哲学家亚里士多德早已断言："一切

[①] 弗朗西斯科·洛佩斯·德·戈马拉（Francisco López de Gómara，1511—1566），西班牙历史学家、博物学家，生动描述了科尔特斯在新大陆的征程。实际上他本人没有去过美洲，其作品真实性饱受质疑。
[②] 埃尔南·科尔特斯（Hernando Cortes，1485—1547），西班牙军事家、征服者，率领数百士兵入侵墨西哥。他利用印第安人内部矛盾，使其自相残杀，又在印第安人中传播天花。他于1521年征服阿兹特克帝国，在中美洲与墨西哥等地区建立西班牙殖民地。

鸟类都有脚。"16世纪的西班牙博物学者真的会连这种古老的常识都不具备吗?

　　在此我无意挽回洛佩斯·德·戈马拉身为科学家的名誉。我只想表述一件显而易见的事实:中世纪时已经流传着极乐鸟没有脚的传说。现在我手中没有材料能够证明温特的观点是错误的,维多利亚号抵达塞维利亚港是在1522年,如果能够在此前欧洲出版的书籍中发现极乐鸟传说的相关记载,问题就会迎刃而解。遗憾的是,事情没有这么简单。

　　毋庸赘言,老普林尼①、索利努斯②乃至亚里士多德等古典作家的著作中均未出现与极乐鸟相关的记述。因为在他们的认知中,从非洲到印度的旧大陆没有极乐鸟栖息。但是,从12世纪末到14世纪期间,马可·波罗、鄂多立克③、曼德维尔④和海敦⑤等人的东方游记相继出版,或许是

---

① 塞乌斯·普林尼·塞孔都斯(Gaius Plinius Secundus,约23—79),古罗马学者、政治家,历任各省官职,后死于维苏埃火山爆发。其著作37卷《自然史》涉及大量自然科学,是一部百科全书式的巨著。

② 盖乌斯·尤利乌斯·索里努斯(Gaius Julius Solinus),三世纪拉丁语语法学家、博物学者,著有《世界奇观》。

③ 鄂多立克(Odoric of Pordenone,1286—1331),意大利圣方济各会传教士、旅行家,曾到过巴格达、锡兰、苏门答腊、爪哇以及中国。后来他口述旅行经历,辑录为《鄂多立克东游录》出版。

④ 约翰·曼德维尔(John Mandeville),十四世纪英国作家,著有风靡欧洲的《曼德维尔游记》。该书是作者参考马可·波罗等人的游记后虚构出的作品,内容荒诞不经,讲述了作者从英国出发,途径中亚、印度、中国,到达祭司王约翰的国土的故事。

⑤ 科里库斯的海敦(Hayton of Corycus),中世纪亚美尼亚僧(接下页)

从这时候开始，欧洲逐渐形成了极乐鸟的传说。马可·波罗、孟高维诺①也好，鄂多立克、马黎诺里②也罢，他们都曾经乘船途经爪哇或苏门答腊附近。他们的游记中没有对极乐鸟的详细记述，但在当时，东印度航路的开辟促使东西方交流日益频繁，很难想象这种鸟的名字在十四世纪仍不为欧洲人所知。

有证据表明，至少15世纪末时欧洲人已经知晓极乐鸟的存在。1491年，德意志的药剂学者约翰·冯·科博在美因茨刊行的《健康花园》③对极乐鸟有简短的说明。这比维多利亚号归返塞维利亚港早了将近三十年。不过，此书唯独漏掉了极乐鸟有没有脚这一关键部分。如果《健康花园》的作者对极乐鸟的记述能再多一些的话，温特所主张的"极乐鸟传说始自维多利亚号返航"的观点就不攻自破。实在是令人扼腕。

总之，我先将《健康花园》的段落引用如下：

（接上页）侣、历史学家，著有《东方之花》。该书概述了亚洲的地理情况，叙述了撒拉逊人的历史以及蒙古人入侵。

① 约翰·孟高维诺（John of Montecorvino, 1247—1328），意大利圣方济各会传教士，第一个来到中国传教的天主教士，受罗马教廷任命为元朝大主教。

② 乔万尼·达·马黎诺里（Giovanni de' Marignolli, 约1290—?），意大利圣方济各会传教士，孟高维诺的继任者，著有《波西米亚编年史》三卷。

③《健康花园》（The Hortus Sanitatis），世界上第一部自然史的百科全书，记载了自然界的植物及其药用价值，也涉及动物、矿物，书中载有对神话生物的描述。

这种鸟之所以被称作极乐鸟，不是因其栖居在极乐净土，而是因为它们那光彩夺目的美丽，仿佛世界上一切色彩都萃集于此。其大小近似天鹅，鸣声婉转动听，能够唤醒听者内心的憧憬与欢乐。它们一旦被人类捕获，鸣声即转而低徊，如泣如诉，令人不禁想解开绳子，还它们以自由之身。

羽毛鲜艳的鸟类大多鸣叫声不堪入耳。这位作者恐怕既没有亲眼见过极乐鸟，也没有亲耳听过它的声音。实际上，极乐鸟的叫声与乌鸦如出一辙。奇妙的是，16世纪以后的学者热衷的"极乐鸟没有脚"的传说，此处却未留下只言片语。

*

比起试图对神话传说的起源做出合理阐释，我反而对怪异可疑的事物抱有更浓厚的兴趣。就此话题不妨多添几笔。

最荒诞不经的故事大概是关于肯陶洛斯①起源的猜想了。据说荷马时代的希腊人尚未掌握骑术，第一次见到来

---

① 肯陶洛斯，希腊神话中半人半马的怪物。传说拉庇泰国王伊克西翁追求天后赫拉，宙斯将一朵云彩变成赫拉的样子，伊克西翁与云彩交媾产生的后代即是肯陶洛斯。

自北方的游牧民族斯基泰人①时，他们把对方想象成人马一体的怪物。但是历史上，希腊人很早就驯服了马匹，应当不会不知道如何骑马，即使不知道也不大可能把骑手错认作怪物。

传说在印度居住着一支名叫夏帕德人（Skiapodes）的独脚族。据说他们睡觉时会举起巨大的脚遮挡阳光。克特西亚斯②之后的许多古代作家认为夏帕德人是一种畸形的人类，只有乔万尼·达·马黎诺里试图对夏帕德人的起源给出合理化的解释，他在《波西米亚编年史》中如是记述道："印度人习惯在裸体走路的时候用细棒撑起一个小小的帐篷罩在头顶。他们称为伞，在诗人的眼中看起来却更像人脚。"

这位圣方济各会传教士的解释单纯得近乎荒谬，根本不足为信。

在此我不得不强调：凡此种种为了追求合理化做出的荒谬解释，我非但不厌恶，反倒怀有几分喜爱。逻辑世界的悖论源自意象世界的矛盾，当我们不遗余力硬要使逻辑自洽时，必然会衍生出滑稽可笑之处。不过于我而言，追求合理却陷入不合理的境地这件事本身就妙趣横生。

———————————

① 斯基泰人，公元前 6 世纪至公元前 3 世纪生活在黑海北岸的游牧民族，尤其擅长制造动物形象的青铜器。

② 克特西亚斯（Ctesias），公元前 5 世纪希腊历史学家，亚达薛西二世的御医，著有《波斯史》《印度史》，现仅存佛提乌的提要与他人引用片段。

再举一例，古希腊传说中的怪物喀迈拉长着狮子的头、雌山羊的身体和龙的尾巴。有人认为喀迈拉是利西亚地区（小亚细亚的西南部）一座火山的名字。据说，这座火山的山脚栖息着巨龙，山坡上时有山羊群吃草，在火山口能看见张开血盆大口的狮子。人们通过火山的意象对难以理解的怪物进行合理化解释。喀迈拉原本就是诸多异质性意象的拼凑，因此，倘若不将其喻为他物就无法实现意象的调和。

*

16世纪中期，极乐鸟的传说逐渐成形，几乎任何一本动物志都有所论述。吉罗拉莫·卡鲁达诺①的《论精确性》（1550年）、康拉德·格斯纳②的《动物史》（1551—1558年）、皮埃尔·贝隆③的《不可思议的故事》（1564年）、昂布鲁瓦兹·帕雷④的《论怪物及异象》（1573年），

① 吉罗拉莫·卡鲁达诺（Girolamo Cardano，1501—1576），意大利文艺复兴时期百科全书式的学者，古典概率论奠基者之一。他一生写下两百多部科学著作，内容涵盖数学、物理学、占星学、医学、哲学、音乐等。
② 康拉德·格斯纳（Conrad Gesner，1516—1565），瑞士医生、博物学者、目录学家，著有《动物史》《世界书目》等。
③ 皮埃尔·贝隆（Pierre Belon，1517—1564），法国博物学者、旅行家。他的研究主题广泛，包括鱼类学、鸟类学、植物学和建筑学等，被誉为比较解剖学的先驱。
④ 昂布鲁瓦兹·帕雷（Ambroise Paré，1510?—1590），法国外科医生，现代外科医学与法医病理学的创始人之一。

这些著作中均出现了大同小异的极乐鸟传说。一人写罢，转眼间就引来他人的模仿抄袭，学者们的习性从古至今都一成不变。在此援引帕雷的文章以供参考：

> 　　吉罗拉莫·卡鲁达诺在《论精确性》中提到，摩鹿加群岛的土地或海面上发现了一种被称作'玛努克迪阿塔'的鸟。这个名字在印度语中意味着'神之鸟'。人们只发现过这种鸟的尸体，却从不曾目睹它的活体。这种鸟栖居在高空之中，鸟喙、体形皆与燕子相似，却生就一身色彩缤纷的羽毛。鸟头是纯粹的金色，胸部的颜色近乎家鸭，尾巴与翅膀的颜色则与雌孔雀相似。由于它没有长脚，在疲乏困倦的时候，它会用羽毛缠卷住树枝，悬挂在上面。它们的飞行速度惊人，而且除了空气与露水外什么也不吃。雄鸟的背上有一个洞，雌鸟在里面孵卵。我曾经在巴黎亲眼见过一只，是献给已亡故的查理九世①的贡品。我也费尽功夫才觅得一只，珍藏在我的标本室内。

　　帕雷的文章虽然缺乏严谨的实证性，但是"悬挂在树枝上"的说法似乎揭示了一种奇妙且充满偶然性的一致。

---

①　查理九世（Charles IX，1550—1574），法国瓦卢瓦王朝的国王，即位后由其母卡特琳·德·美第奇摄政。他在位期间，宗教纷争频发，最终引发圣巴托洛缪大屠杀。

栖息于新几内亚的雄性蓝极乐鸟，在繁殖期内会倒挂在树枝上抖动美丽的羽毛。当然，它们不是依靠羽毛缠绕住树枝，而是用爪子。

顺便引用贝隆的《不可思议的故事》中的一段：

> 这种鸟数量稀少，因而非常昂贵。近东诸国的领主甚爱采其羽毛装饰头盔。这种鸟叫作"卢夫特沃格尔"，在德意志人的语言中意为"空气鸟"。因为它们只生活在空中，又以空气为食。摩鹿加群岛的诸王曾经赠给查理五世[①]五只死去的空气鸟。如前所述，想要捕获活着的空气鸟是绝无可能的。

因为无脚而必须不断飞行直至死亡，以及只以空气为食——这是16世纪后的博物学者总结的极乐鸟两大特征。

我接下来想表明的观点听起来或许有几分故弄玄虚：最早调查维多利亚号带回的极乐鸟的西班牙人洛佩斯·德·戈马拉以及那些16世纪的欧洲博物学者们——不正是他们促进了中世纪极乐鸟传说的流传吗？我总觉得，他们是在发现真相后佯装无知，并且煞有介事地声称

---

① 查理五世（Charles V, 1500—1558），神圣罗马帝国皇帝，即西班牙国王卡洛斯一世。他通过继承拥有了包括西班牙王国、尼德兰、奥地利、意大利南部以及名义上的德意志邦联在内的广大领土，这在历史上被称为"日不落帝国"。

极乐鸟是没有脚的。据温特所说，这些舶来的无脚无骨之鸟让洛佩斯·德·戈马拉惊讶得目瞪口呆。或许，他是在暗自窃笑。因为，被摩鹿加群岛的原住民拧断爪子的小极乐鸟与传说中的神秘鸟类在形态上惊人地相似。

如果再大胆一点猜测的话，极乐鸟没有脚的虚构故事与中世纪传说也许毫无关系，仅仅是洛佩斯·德·戈马拉编造的故事而已。

读者也许会疑惑道：这不是回到温特的假说了吗？没错，温特确实断定极乐鸟传说的滥觞于洛佩斯·德·戈马拉，但他始终认为这位西班牙学者在惊诧过后坚信无脚之鸟的存在。我的想法却恰恰相反。这位学者是一个投机主义者，他故意让自己杜撰的故事在世间流传，仿佛一个无名艺术家留下了震惊时代的杰作。不出其所料，极乐鸟传说被后世欧洲所有的博物学者因袭沿用。不，未必只限于欧洲，如果把目光移向日本——

*

如果将目光移向日本，我们不难发现极乐鸟传说的蛛丝马迹。江户时代的随笔中就曾提到过随着荷兰船只渡海而来的极乐鸟标本，而且远不止两三篇，这些随笔使极乐鸟的传说完整地传入日本，着实令人惊叹。司马江汉[①]的《春波楼笔记》（1811 年）将极乐鸟称作"风鸟"，摘引如下：

> 所谓风鸟，未见活物，皆已剥皮，无足。其绘附于兰人花连的印[②]之书。此鸟居印度群岛，稀世罕见。恒翔于天而不落地，其大如鸠，身柿色，间或有纹。其中二三种，尾若孔雀，左右羽翼若云卷珠帘。兰人谓之帕拉戴斯·霍格茹。帕拉戴斯乃天堂也，霍格茹乃鸟也，故称极乐鸟。

引文中所谓的"剥皮"应该是指极乐鸟被剥开外皮，塞入填充物后制成了标本。"花连的印之书"是指 17 世纪末到 18 世纪初长期滞留印度、爪哇与摩鹿加群岛等地搜集地理历史资料的荷兰传教士弗朗索瓦·瓦伦汀的巨著《新旧东印度志》（1724—1726 年，刊行于阿姆斯特丹）。江汉仿照这本书的铜版画插图创作了木板阴刻的《灵鹫山图》。另外，瓦伦汀在极乐鸟的历史上也扮演了重要的角色，对此我想多添两笔。

我们不得不再次援引赫伯特·温特。依照《闲话世界

---

① 司马江汉（1747—1818），江户时代的兰学学者、画家、随笔家，本名安藤峻，热衷于西洋理学，著有《春波楼笔记》《西游日记》《天地理谭》等。
② 花连的印（ハレンテイン），即为瓦伦汀（ファレンテイン）的音译名。

动物史》记述，17世纪中叶有一个叫作盖奥鲁库·艾伯哈尔特·伦弗的男人加入了荷兰东印度公司，他定居在摩鹿加群岛的安汶岛，从事动植物研究。他在晚年不幸因黑内障失明后，由他口述、经其子记录整理，完成了五卷关于安汶岛的博物学巨作。但是，这部著作中关于鸟类部分的手稿却不翼而飞。接近这位盲目的老学者并且伺机偷走手稿的人，就是同样来自荷兰的弗朗索瓦·瓦伦汀。

瓦伦汀不仅盗走伦弗的手稿，还像许多剽窃者所做的那样，肆意篡改了内容。以发现摩鹿加蟹而闻名的伦弗也许是第一个对极乐鸟做出科学严谨描述的欧洲人。可是，瓦伦汀对手稿肆意地取舍歪曲，再度将记述的方向引回古老的传说。一切又回到了虚构之中。1726年，瓦伦汀的著作《安汶岛鸟类研究》在荷兰出版。这本书大言不惭地向世人重复着神之鸟的故事，抑或说，谎言。

司马江汉所参考的荷兰书籍就出自这样一个投机家之手。因此，在江汉的记述中完整地保留了古老的极乐鸟传说，没有丝毫不同之处。可惜我们已无从知晓江汉本人是何感想，因为他对此没有做出任何评判之语。

*

极乐鸟的传说自18世纪传入日本后产生了一个新的故事。从某种意义上说，日本人的想象力丰富了古老的欧洲传说。阅读至此，读者也许会嘀咕：这怎么可能呢？那么，请您欣赏江户小咄①本《谭囊》收录的题为《风鸟》的故事。

> "前些天护国寺开龛之际，我看见了风鸟。多么奇怪的鸟儿啊，没有脚，却长着整齐漂亮的羽毛。它平时都吃什么？"
>
> "什么也不吃。这家伙以风为食。"
>
> "那可怎么排便？"
>
> "哪儿拉得出来呀，只会放屁罢了。"

如果读过类似的笑话集，就不难想象抖这个包袱的笑话在天明时期有多么流行。总之，风鸟只吞食空气（风），自然没有东西可供排泄，哪怕有也只是屁罢了。这种想象既充满了日本风格，同时也极其合乎逻辑。不过，至少对于欧洲人而言，脑海中很难浮现出钻进口中的风直接从肛门放出的画面吧？不，即使能够想象得出来，也很难断言它是否能逗人发笑。

相同的故事不止被编到笑话里，还出现于江户时代少有的反体制思想家的著作中。这简直给我留下了日本人喜

---

① 小咄，指简短独立的笑话，常用于落语进入正题之前的铺垫。日本近世前期以关西地区为中心流行"轻口咄"（かるくちばなし），后期以江户为中心盛行"落话"（おとしばなし）。

好谈屁的印象。安藤昌益①的《自然真营道》第二十四卷名为"法世物语"，其中有一幕众鸟七嘴八舌开评议会的场景，风鸟没料到自己会变成众矢之的：

> "阁下切勿坐在上风口。您平日饮风而生，不用食亦不排粪，因而终日放屁。倘若您安居上风口，不知会给席上诸鸟造成多大困扰。"

如果康拉德·格斯纳和昂布鲁瓦兹·帕雷听说了这个故事，将会做何表情呢？二百年之间，摩鹿加群岛出生的"神之鸟"环游了世界一周，终于从欧洲来到东洋，却只给人留下狼狈不堪的印象。不管怎样，如今的它已变成人人掩鼻避之不及②的鸟。

*

最后尚有一处有待指明：以风为食的动物并非只有极乐鸟。在此，我绝不是因为身为日本人，就执意为在日本受到不当侮辱的极乐鸟挽回点名誉。

---

① 安藤昌益（1703—1762），日本江户时代医生、思想家、哲学家，提倡反封建的社会观，背离了神儒佛三道，主张人人从事劳动，建造以农业为中心的无阶级社会。
② 原文为日本谚语"鼻つまみ"，指讨人嫌的人，字面意思为捂住鼻子，此处是作者的一语双关。

　　当国王询问哈姆雷特近况如何，后者回答说："好极了，我像条变色龙一样只吃空气。"当时的人们认为变色龙也只以空气为食物。重视观察的亚里士多德对此避而不谈，不过奥维德①的《变形记》(第十五卷)中略有提及，老普林尼的《自然史》(第八卷五十一章)似乎也持相信的态度。除了西班牙南部，在欧洲其他地区根本没有变色龙栖息。对于古代作家而言，变色龙无异于想象中的动物。中世纪的动物志亦鲜有提及，就我所知，只有布鲁内托·拉蒂尼②的《小宝库》有简短记述，但也没什么引用价值。

　　与极乐鸟的情况相同，哪里都没有关于变色龙放屁的记载。且不说变色龙，如果哈姆雷特放了个屁，岂不是格外滑稽吗？

＊

　　16 世纪中期，在印度、东南亚等地流浪的葡萄牙诗人路易斯·德·卡蒙斯③写下史诗《卢济塔尼亚人之歌》，

---

① 奥维德 (Publius Ovidius Naso，B.C.43—17)，罗马帝国初期诗人，拉丁文学的经典作家，晚年被流放黑海附近，死于流放地。著有以神话故事为题材的叙事诗《变形记》。

② 布鲁内托·拉蒂尼 (Brunetto Latini，1220—1294)，意大利哲学家，但丁的老师。在《神曲·地狱篇》第 15 歌中，但丁表达了对他的崇敬与怀念。

③ 路易斯·德·卡蒙斯 (Luís de Camões，约 1524—1580)，被公认为葡萄牙最伟大的诗人，著有史诗《卢济塔尼亚人之歌》。

其中第十首歌讲述了瓦斯科·达·伽马①在大海中的爱之岛上受忒提斯引导进入深山，并且在那里见到了一个能够映出世界的球体，他从中眺望到遥远的东方岛屿：

> 看哪，日出之际的东方大海上
> 散布着数不尽的岛屿。
> 看哪，蒂多雷岛与特尔纳特岛
> 山顶烈焰冲向天穹。
> 你看呐，灼舌的丁香树
> 葡萄牙人以血赎买。
> 在那里，黄金鸟从不落地，
> 直至死亡才一展身姿。

蒂多雷岛与特尔纳特岛是摩鹿加群岛中的小岛，特尔纳特岛上有一座火山。自古以来摩鹿加与香料关系密切，因而有香料群岛的别名，尤其以丁香与肉豆蔻最为著名。最初从欧洲来的是葡萄牙人，后来是荷兰人。荷兰的博物学者伦弗与瓦伦汀也是在此地追寻极乐鸟的踪迹。卡蒙斯将其称为黄金鸟，对我来说，这个名字听起来还是有几分耳生。

---

① 瓦斯科·达·伽马（Vasco da Gama，约 1469—1524），葡萄牙航海家，1497 年开辟从欧洲出发途径好望角的印度航线。

镜

与

影

朱橘[①]，号翠阳，淮西人氏。据记载，他的母亲在怀孕前梦见自己吞食了一颗闪耀的巨大行星。这是一个气势何其惊人的梦啊。不过，若是我们知道她腹中孕育的孩子日后将会得道成仙，也许就不会觉得惊讶了。与此相比，更骇人听闻的是她怀胎长达十五个月，腹中的胎儿却丝毫没有出生的迹象。胎儿听着羊水声昏昏入睡或许感到十分惬意，然而对母亲而言却绝非如此。她挺着越来越大的肚子，终日长吁短叹却无计可施。

有一天，这位母亲偶然间遇到了一个道士。此人衣衫褴褛，在她家门口徘徊。道士从袖口掏出一个橘子递给她：

"你若觉得痛苦难堪，便吃下这颗橘子罢，孩子顷刻

---

① 其人生平可见元代道士赵道一《历世真仙体道通鉴》第49卷。

间就会生下来。"

哪怕伸出援手的是一个形迹可疑的行乞道士，一筹莫展的妇人也只好将他当神佛来仰仗。她遵照道士所说将橘子放入口中。是错觉吗？她觉得肚子一轻。

"请务必告诉我您的名字。"

"我名鞠君子。若是有缘，定会再见。"

说罢，道士一下子就消失不见了。妇人忽然感到临近分娩的阵痛。她回到屋内，还没等产婆登门就生下了一个孩子。孩子的父亲为了纪念这一吉兆，给他起名为橘。

这个故事或许没必要追究深意，可我觉得，这婴儿是十分抗拒离开母胎的。在温暖的子宫中，他无论何时都能够贪婪地享受安眠。他日后成仙之事与在母亲腹中滞留的十五个月之间存在着不可忽视的关系。弗洛伊德学派会认为这是分娩创伤（Birth Trauma）。如果使用精神分析理论解释就是，长期受到抑制的分娩创伤化作动机，催生出他修仙的愿望，而绝不是因其天生仙体才滞留母腹。其父认为是吉兆而欣喜不已，倘若让我来说，何为因、何为果却未必能够轻易断定。

年岁渐长的朱橘与鞠君子不期而遇。在他的建议下，朱橘隐居皖公山一心修行仙道，皖公山位于今日的安徽潜山。对了，还有一件重要的事情未说，朱橘出生在南宋年间。世间流传着许多关于仙人朱橘的奇闻轶事，其中，我最想说的是下面这一桩。

　　有一男子住在山脚的村落。某日，他扛着斧头到皖公山的深处砍柴。山中有一草庵，庵前有一池塘。男子不经意间看到，一个玉琢般的童子正在池边洗手，然后轻盈地朝池心走去，却不曾沉入水中。不仅如此，他像只刚出生的幼犬在水面上骨碌碌地跑来跑去，自得其乐。男子木然地站在岸边对这幅不可思议的光景望得出神。

　　不一会儿，男子注意到一件更加奇怪的事情。池水澄澈如镜，水面将周围一切都清楚地映照出来：无论是天空中飘浮的白云，还是岸边栽植的翠绿松柏，甚至连刹那间掠过的飞鸟也会留下一闪而过的残影；在池塘上行走本是不可能的，然而一袭青衣的童子却在水上悠然踱步，衣袂翻飞，可是池水唯独没有映出他的影子。这童子没有影子，世间真有这样不寻常之事吗？男子愈发茫然，愈发无法将目光从神秘童子的身上移开。

　　好奇心一时间涌上心头。男子把进山砍柴之事完全抛诸脑后，变成了好奇心的俘虏：那个玉琢般的童子是何许人也？不知不觉间，童子已经不再在水面上嬉戏，他踏着小碎步向池畔的草庵跑去。男子仿佛被引诱了一般，随着童子的脚步一同走进草庵。可哪里都看不到童子的身影，庵中只有一个白髯老者沉默地端坐在那里。老者正是朱橘。朱橘通过游神术将身体一分为二，分身化作童子在池塘上尽兴玩耍。

据《抱朴子·地真篇》[①]记载，若想修炼游神术，即分身术，则必须做到守玄一。守玄一，即一心只念作为道之根源的一，聚精会神，以求得分身的气力。若不能长守玄一，终究无法随心所欲地使元神出窍。得一而生多，这种说法看似悖论，却不妨视作精神的玄妙。于是乎，对于使用分身术如探囊取物的道士而言，岂止只能分出两具身体，三人四人乃至逐个增加，幻化作数十人也是有可能的。昔日的左元放[②]和蓟子训[③]，无不精通此道，能让自己的分身同时出现在数十个地方。这就好比将两面镜子相对而立，自己站在中间，就能够使自己的影像无限增殖。事实上，守玄一之道被称为"镜道"，也有利用镜子集中精神的修炼方法。

或许因为朱橘心情颇佳，在这个擅自闯入草庵的男子面前，他一反常态地吐露出分身术的秘密。然而哲理深邃莫测，即使听了朱橘的说明，男子仍旧是云里雾里。这也是理所当然的，倘若轻而易举就能教会外行人的话，世间岂不是遍地仙人？实际上，后世钻研神仙之道的我们也未能真正触及这个秘密。

男子一脸困惑，看着他忸怩不安的样子，朱橘轻捋白

---

① 《抱朴子》，东晋葛洪著，共 8 卷，其内篇 20 篇阐述基于道家思想的修仙、炼丹、符箓之术，外篇 50 篇阐述基于儒家思想的家国时政、世风人事。

② 左慈（156？—289？），字元放，道号乌角先生，东汉末年方士。

③ 蓟子训，东汉末年方士。

髯笑道：

"那么我就讲一个你听得懂的故事吧，这是我年轻时的经历。不过，这个故事不见得就与刚才说的分身术的秘密没有关系。不，也许该说是大有关系吧。请用心听。"

说着，朱橘仿佛回溯遥远的往昔一般合上双眼，开始讲起了下面这个故事。以下是朱橘所说的话。

*

我也曾贪恋世俗的荣华。那时候，我被乡绅推举为贡生前往京师，为准备科举考试而励精学业，焚膏继晷。可是随着两次科考落榜，我逐渐觉得不管是诵读四书五经，还是创作五言诗都无聊透顶。唯有道家的典籍令我如痴如醉。

在京城求学的时候，我借宿于城西头的一座古刹，周围清闲幽静。据说这座恢宏的寺庙以前香火旺盛，可现在坐在我的书房中只能看见荒凉的庭院。在残垣断壁围拢的院角，槐树与芭蕉肆意生长，结成一片片繁茂绿荫。覆满青苔的石头与雕像藏在杂草丛中，早已被人遗忘。在庭院中央几株筱竹的掩映之下，有一口古井，四周用白色石头砌成围栏，窄小的井盖上静静躺着一架辘轳。不过，说是辘轳也名不副实，因为井绳已经腐朽，也不见水桶的踪影，根本没法用来打水。长年的落叶堆积在井底，完全遮挡住了水面。井中是否还有水呢？或许是有的。因为如果探头望向井中，确有阵阵凉意从井底袭来。

不知为何，我十分喜欢这口荒园中的井。在京城求学期间，每当对书卷心生倦意，我常常坐在井旁的石头上，漫不经心地思索着将来的事情。那时，忽然一阵风吹来，把落叶都刮到了一旁，水面上浮现出我的脸。我凝视着水中倒映出的自己的面容，一旦凝视过久，竟觉得比起占有这具肉体的我，反而是活在井底的影子更像是真正的我。

在京城居住了三年半后，科举失意的我终归放弃了仕途，灰心丧气地回到乡里。自此以后，我始终无法忘记那口井，甚至动辄在梦中看到它。我梦见自己拼命地转动那个既没有井绳也没有水桶的辘轳，徒然地想要打捞起井底的倒影。如此迷恋，又是如此徒劳。这时候，我已经对追寻自己的本质感到厌倦。

我决心再次前往京城，因为我迫切地想要再一次直面井底的倒影。至少我自己的确是这么想的。

转眼间五年已过，京城仍是一如往昔。勾栏瓦肆，繁华似梦，街巷中流连着寻欢作乐的人群，妓院的女人们十年如一日地发出猿啼般的嗓音。我非为此而来，因此一进京便直奔那座寺庙的荒园而去。荒园一如过去模样，井也一如过去模样，时光仿佛在此凝滞。若说有何变化，只有庭院的杂草更加茂密，井中的落叶似乎又厚了几分。除此之外，一切都与过去别无两样。

于是，我手执竹竿将落叶拨开，以使水面上能够映出自己的面容。我发觉自己的模样发生了显著的变化。此刻我所凝视的脸与记忆中五年前的脸相比已经迥然不同，分外令人感慨。为了让水面能映出更多，我把两臂撑在石栏上，仔细地用竹竿把落叶清扫到两侧。就这样，我长时间地凝视着自己的面容，不禁想到，不知不觉间年岁渐长，今日之我已非昔日之我。

这时候，幽暗的水面上隐约浮现出另一张脸。我吃了一惊，不假思索地回头张望。一个陌生的男子不知何时站在我身旁，他和我一样也在伸头望向井底，我不由得紧紧盯着他。无论怎么看这名男子都和我长得一模一样。我再次将目光投向井底，打量起水中映出的男子的脸。我猛然惊觉，这名男子的脸不正是五年前的我的脸吗？

若是放到从前，想必我已经害怕得大喊大叫，而且还会生出稀奇古怪的念头，以为自己看到了离奇的幻影。但现在的我不会这么想。我潜研道家典籍日久，常识不可理解之物化为现实的轶事也听闻过不少。因此即使震惊，我也不至于失去冷静应对的余裕。

我尽力堆出亲切的神情冲他颔首说道：

"你就是我，这是不言自明的吧？你是过去的我，五年多以前在此地求学的我。我本以为你早已消失不见，不曾想还能在此相遇。果真是一点没变呐，哪里都一如从前。"

接下来，我继续说道：

"既然你出现在我面前，是有话想说吧？请你但说无妨，我洗耳恭听。"

突然听陌生人说了这种话，男子面露一丝怯色，他一直犹豫不定地盯着我的脸庞。仿佛是终于下定决心似的，他回答道：

"我所思所想的只是与你共处一处而已，哪怕仅有须臾的时光。自从你离开京城之后，我一直留在此地。什么也不做，甚至一动也不动，一心等待着你。我知道你一定会回来的，因为你把自己灵魂中最重要的部分留在了这口井中。多亏于此，我才能够延命至今。但是我们既已相遇，无论如何我都想和你在一起，和你一同生活。我想知道，与我离别后你过着怎样的生活。因为我一直停留在过去，只知道你过去的事情。你想必是理解我的，我愿意倾听关于你的任何事情。至少在你回归乡里之前，让我做你的友人吧。"

我默不作声地点点头，男子的脸上顿时充满喜悦的神色。我们在沉默之中立下约定。于是，我们两人像兄弟一般并肩走出了这座荒园。

之后的数日间，我体尝到至今不曾有过的幸福。我与我自己，或者说与过去的我一起度过了美妙的数日，这让我感受到难以置信的欢愉。我们两个人——不，准确来说是两个我——一起把所有的话题说了个遍，不知餍足地热烈交谈。我们回忆起两人都知晓的过去，侃侃而谈，使得过去的事情再一次变得鲜活生动。对我们而言，再没有比这更快乐的事情了。当然，我与他的交游不止于言谈。我们结伴从西门出城，游览西湖畔的灵隐寺、天竺寺和净慈寺等地，足迹遍及南北高峰、宝石山和飞来峰，也曾到访冷泉亭和石屋洞。月明之夜，我们曾泛舟雷峰塔下，在湖上彻夜交谈。为了倾听曲院风荷绽放的声音，东方未白，我们又已携手出游。

短短数日的快乐过后，我却愈发感到一股难以排遣的烦闷。

最初的热情与兴奋消退后，对于这位友人，我开始感到一种难以名状的厌恶感，只是听他讲话就会倍感烦腻。首先是他的幼稚无知、自以为是令我焦躁不已，更让我不屑一顾的是，他的头脑被迂腐的观念、可笑的理论、落后时代的理想和夸夸其谈的烦琐哲学塞得满满当当。我暗自思忖，这些东西还是尽早抛掉为妙，可是倘若真的舍弃了这些，他的头脑便会空空如也。尽管这无关痛痒，但从他那柔弱的精神看来，一旦失去这些他怕是活不下去的。

他身上无可救药的文学青年气息简直让我作呕。他时常故作姿态地朗诵晚唐颓废诗人的七言诗，并且认为我理所应当会产生共鸣，但是如今我早已对诗失去兴趣。轻薄才子摆弄的诗词是那般索然无味。

尽管如此，他对于人生的青涩无知，还是在我心中激发了一丝怜悯。因为我并非一味反感那些稚嫩而不失纯粹的观念。我一面对他的话颇不耐烦，一面极力避免露骨地表露不满，克制住自己的怒气。总之他还太年轻，我必须对他宽容以待。但是，与他在一起时我越发地沉默寡言，烦闷的情绪仍旧不断发酵。

我不是没有反省过自己。至少从客观而言，我完全认同应该避免出自私心的责难。我也曾这样问过自己：

"我现在打从心底把这个无知轻薄的男子看作蠢货，实际上，这个男子不正是过去的我吗？这数年间的业精勤进，已经使我大有长进。与此相比，这个男子五年来始终活在孤独之中，自然无法与现在的我相提并论。因此现在的我对五年前的我充满了轻蔑。但是，在五年前，我也是这般骄矜自负，虽然还未入世，却深信自己只是怀才不遇。而且我清楚地记得，五年前的自己也是这样蔑视十年前的自己的。

或许，我至今二十余年的人生如同昆虫褪去外壳一般，不断地舍弃自己所鄙夷的自己，才终于蜕化成如今的我。假如再过五年，五年之后的我想必也会蔑视当下的我，这不是一目了然的事情吗？无论去往何方，这种关系是不会断绝的。而且，蔑视的我与受到蔑视的我是拥有同样姓名的同一个人格，栖居于同一具肉体，在世人看来是同一个存在。我的本体究竟在哪里存在？我的本体发生改变了吗？未曾改变吗？"

　　我心中反复自问自答的时候，男子还在喋喋不休地说着乏味的话题。他注意到我已经缄口不言、面露不悦，可他非但不体谅，反而旁若无人地炫耀一些令人倒胃口的哲学和文学，愈发得意扬扬，好像不知疲倦。

　　终于，我积压的怒火一股脑倾泻了出来。我用打定主意绝交的口气断然对他说：

　　"真惹人嫌，你给我住口。我已经无法忍受了，和你在一起只让我觉得厌倦。我还是应该回到乡里，家中还有不得不做的事情，我必须回去。不过，这都与你无关。"

　　男子一开始惊讶得瞠目结舌，但是看到我铁青的面色，他意识到事态的严重性，一时间手足无措。那是何其难堪的丑态呀，一想到他就是过去的自己，我越发觉得不忍直视。男子声泪俱下地说道：

　　"为什么这么着急回乡？如果你离开了，我又会变回孤身一人。我等待了那么久，本想着终于能与你在一起，这份喜悦却转瞬即逝，我又要重返孤独。你真的想弃那口井而去吗？井底至少还有你的一部分灵魂。如果不是我一直守望在此地，现在的你……"

　　"够了。别再纠缠不休了。我已经决定要和过去告别。"

　　"不行，你不能回去。你一定要和我再多待一些时日。"

　　当我想转身离去时，他立刻跑到我面前，像孩子一样伸开双臂拦住去路。我也不愿再理睬，甩开了他的手，匆忙回到了自己的住所。他一言不发地紧随其后。

这一日，我们在住所中沉默度过。他片刻不离地盯着我，一旦我有出门的迹象，他就会立刻起身。这样一来我就不能轻易离开此地了。

第二天，我正欲趁其不备逃走，却发现他端坐在房间门外，丝毫不肯退让。就这样，四天过去了。

等到第五天，我已几近绝望，陷入了自暴自弃的境地。我寻思道，如果无论如何也不能从监视中脱身，那我也要准备好，使出最后的手段。

我假意向男子提出了和解。他紧紧地握住我的手，喜极而泣。然后我俩走出住处，走过运河上的几座石桥，向着位于街市最西边的幽静地区那座寺庙走去。这是一条我俩曾在欢笑中不知走过多少遍的路。

古寺中杂草丛生，连接我二人奇妙因缘的那口古井就在这里。我们像那天一样，用竹竿将水面上的落叶拨开，身体支撑在石栏上，并肩望向井底。幽暗的水面上模模糊糊映出两张相似脸庞的影子。

这时候，我猛地回头抓住男子的双脚，竭尽全力地抬起，把他推过栏杆。意外的是，他无意中正在把身体向前倾，因此我轻易就让他翻了个跟头，头朝下掉进了井底。我不由连呼快哉。

"活该！你就和你的影子长相厮守吧。"

掉入水中的男子仍然手忙脚乱地挣扎，我取来竹竿，使劲把他的头按在水下。我一直用竹竿按压着，不久，精疲力竭的他就沉入水底，再也没浮上来。丑陋的昨日之我永远地死去了。

杀死过去的自我之后，我变成了只活在现在的人。我已经没有了过去。如此想来，作为人而言的确缺少些什么，不如说，这就是修行仙道者的悲哀吧。斩断前尘后，我遵照鞠君子的教诲来到了皖公山，修筑了这间草庵，终日钻研仙道。我之所以现在活得无忧无虑，也是和过去诀别的缘故吧。这就是我的守玄一之道。

*

朱橘在樵夫面前讲述的故事到此结束。老人话音一落，便不再开口。半晌未过，那双紧阖的眼睛忽然睁开，他面露狡黠的微笑说道：

"对了，我再告诉你一个秘密。请看那边。"

男子看向老人所指的方向，在没有任何装饰的庵室墙壁上，悬挂着一个呈现出巧妙圆形的木制物品。

"我偷偷拆下那口井的辘轳带了回来。这件事切不可外传呐。"

头蛮

飞头蛮是中国古书中出现的一种妖怪，与日本人熟悉的妖怪辘轳首相近。不过，两者的概念未必完全相同。辘轳首这种奇异现象是深夜其人熟睡之间，脖子不断伸长，从屏风、房梁后伸头窥探或是偷舔灯笼油。飞头蛮则如字面所示，头颅从本人身体脱离，茫茫夜色中不知飞向何处。其人酣然入睡，毫无察觉，待到天亮时候头颅才会返回，重新连接在身体上。换言之，飞头是只在夜间发生的现象，头颅就像离魂病那样在本人没有察觉的情况下与肉体分离。

　　尽管我在前文写道"其人酣然入睡，毫无察觉"，但是严格意义上，这种说法是不正确的。如果睡眠这种行为受到大脑支配的话，失去了头颅的躯体理应无法保持睡眠。不过嘛，飞头蛮本身就是超自然现象，也不必对此寻根究底。

飞头蛮的"蛮"即蛮族的"蛮"。夜间飞头并非是个人的病理表现，至少在中国，这是一种群体性现象。《山海经》之类的古代地理志中，可见到长有三颗头颅的边民、只有一条腿的部族等等。畸形人族群一般都久居一地，与此类似，飞头蛮也是定居在某地的一个部族。据《博物志》与《搜神记》记载，这一部族居住在中国的南方边境地区。传说这里的人们都是飞头蛮，到了晚上，头颅到处乱飞。倘若不知内情的外地人夜里误入此地，恐怕会吓得魂飞魄散吧，因为村子里家家户户中躺着的尽是些没有头的人。

有关飞头蛮的记载在日本江户时代的随笔中俯拾皆是。不仅是随笔，经过故事性加工后出现在小说中的情况亦不在少数。这类故事大多是老生常谈：某家的妻子、女儿或者是女佣的头颅在熟睡时飞离身体、不知去向，天蒙蒙亮时方才嬉笑着回到自己的卧房，偶然借宿的客人目睹此状吓得大惊失色。顺带一提，这种情况自然属于个人的病理表现，与中国边境发生的群体性现象截然不同。

最近，我拜读了太刀川清的《近世怪异小说研究》。书中收录了《诸国百物语》《百物语评判》《一夜船》等江户明和之前的怪异小说集，其中就有几个以辘轳首或飞头蛮为题材的故事。但是依我所见，这些故事异曲同工，谈不上有何意趣。想想也能理解，入夜后头颅脱离躯体，不知飞往何处，这般荒诞不经又浅薄无味的题材，想要以此为框架创作出让人兴味盎然的故事本就不切实际。

可是当我这么想的时候，荒木田丽女 ① 于安永七年刊行的短篇集《怪世谈》却令我耳目一新。载于《怪世谈》第五卷的短篇小说《飞头蛮》对我而言，是一篇不可多得的有趣作品。令我深感敬佩的是，丽女如庖丁一般，凭借其精妙的刀功，在浅薄单调的素材中发现了意想不到的切入点。她的作品常常被认为是改编创作，但即使如此这篇作品也毫不逊色。

对于荒木田丽女，我只知道她为自己的改编作品《原野上的清水》与本居宣长 ② 论战，谩骂对方是"似是而非的乡下书生"，傲慢才女的形象跃然而出。然而，若保持一段历史距离来审视，才女的傲慢未尝不是一种奇特的魅力。不过这种事也无甚要紧。接下来我想用自己的语言转述丽女的短篇小说《飞头蛮》。虽说如此，丽女的古文造诣之高早有定评，非我力所能及，因此难免会有擅自曲解之处。这部小说采用了歌物语 ③ 的形式，但我嫌和歌部分太费工夫，因此略去不谈，仅保留故事，以飨诸君。

---

① 荒木田丽女（1732—1806），江户后期的女性作家，精通汉学，师从西山昌林学习连歌，著有《池中藻屑》《原野上的清水》等。

② 本居宣长（1730—1801），号芝兰、舜（春）庵、中卫，自称铃屋，江户中后期的国学家、文献学者、歌人、医生，被尊为日本国学四大家之一。他长期致力于古典文学注释与日语学研究，首提"物哀"概念。著有《古事记传》《源氏物语玉的小栉》等。

③ 歌物语，平安时代前期的文学体裁，围绕特定的和歌展开故事情节。典型代表如《伊势物语》《大和物语》等。

*

　　从京都前来出任陆奥①太守的是位宅心仁厚之人。在他的治理下，百姓莫不心悦诚服。那时，太守私邸新来了一个女佣。她虽是当地的女子，但曾入宫侍候过一年，全然不像乡间女子。女子容颜姣好，即便在京都也格外惹人注目。太守家的下人中有几个年轻好色之徒，他们三番五次引诱这女子，可不论是谁都被她婉言拒绝。这个伶俐的女子既待人亲近，又不给人留下半分可趁之机。因此，夫人也对她颇为宠爱，多有关照。甚至连太守每次见到她时，也会生出心旌摇曳之感，时常用半开玩笑的语气试探她，但从未收到称心如意的答复。

　　一晚，太守再也压抑不住想要见她的欲望，便趁夜深人静之际悄悄溜出卧房。她没有自己的房间，一个人睡在廊檐。太守的心因兴奋而狂跳，他贴着墙壁一步步走向廊檐。看到女子的熟睡身姿时，他尚未察觉到异样。他轻轻地抚摸着被褥，女子无声无息，熟睡得仿佛已经死去一般。透过纱帐的微弱灯火看过去，女子温润的肌肤引人生起情欲。但与此同时他发现了一件不可思议之事：女子似乎没有头。满腹狐疑的他撩开纱帐一看，这是怎么回事？女子竟真的没有头颅。

---

① 陆奥，日本旧国名之一，包括现在的青森、岩手、福岛、宫城诸县及秋田县的一部分。

太守的情欲骤然冷却下来。慌忙间他准备把府上的人都叫醒，可转念一想，这么一来自己的行径就会暴露在众目睽睽下。更何况，她这副凄惨的死状也可能使自己蒙受不白之冤。他装作若无其事地回到卧房，但是心绪久久难以平息，无法入睡。他的心头笼罩着重重疑惑。是谁犯下的罪行？无疑，犯人必定藏身在宅邸某处。也许是遭到冷漠对待的男子因爱生恨，抑或是相好的情夫得知女人变心后杀害了她。他左思右想，不觉间天色已亮。

清晨时分，众人似乎都已起床，但是并没有骚动发生。太守匆忙起身，却见女子一如往常在厨房忙活。好生奇怪，太守想。他屏息凝神地盯着女子的脸，却没发现任何异样。太守摸不着头脑，茫然地想道：莫非昨夜的事情都是梦中所见？一个人担负秘密实在难以承受，太守多么想把一切向别人和盘托出。然而，终究心中有愧，他不敢下决心与妻子商量。今夜去看清她的真面目吧，太守在心中默念道。当晚，他再次悄悄来到檐廊，看到的仍是相同的光景，女子没有头颅。这么说，她果然是妖怪？可惜了她生得如此美艳。真是咄咄怪事。

正当此时，太守刚出生不久的孩子突然哭闹起来，像是被什么吓得发怵，甚至把母乳都吐了出来。夫人和侍女们都手忙脚乱，还有人撒米驱邪什么的，宅邸上下忙成一团。这时，不知谁说了一句"把那个人也叫醒吧"。

一个上了年纪的老女佣去叫"那个人"，不一会儿老女佣一脸惊恐地跑回来。太守装作才知情的模样，与大家一起去了现场。廊檐上躺着那个没有头的女人。究竟是谁干下的勾当？这绝不是寻常的杀人案。侧门早已锁上，每个挂钩也牢牢搭好，哪里都没有潜入的可乘之机。众人议论纷纷，想将此事告知女子的家人，太守却说"再等等"。不久，天色破晓，钟声遥遥可闻。

不知从何处而来，她的头颅宛如鸟在天空中飘浮，双耳犹如翅膀一样鼓动。在场的众人莫不胆战心惊，甚至有人昏厥过去。只有太守不为所动，紧握太刀警惕地注视着。那颗头向静静躺着的身体飞去，落在了枕头上。片刻后，女子一副若无其事的样子坐起身。待她注意到身边围满了人，不禁流露出害羞的神色，不仅不让人害怕，反而颇有几分娇媚。太守给众人递眼色示意"什么都别说"，便转身离开了。

之后，太守翻阅唐土的典籍得知，这种现象自古以来就时有发生。这回，太守带上一两个男子偷偷接近熟睡的女子。俯身一看，女子果然还是没有头颅。他们用衣物遮掩住躯体的肩膀处。等待不几时后，天亮而归的头颅不知如何是好，跌跌撞撞，好像在经受难言的痛苦。她会就这样死去吗？他们试着把覆盖的衣物缓缓掀开，头颅才与躯干合二为一。侍从们无一不对这幅离奇的光景深感惊异。

经此事后，夫人与女眷们对她只感到深深的恐惧，这座宅邸已经没有她的容身之地。即使太守平日对她抱有爱慕之意，在知道她夜间化身妖怪的特性后，也觉得府上留她不得。因此，她被赶出了太守宅邸，由于她本人并不知情，此事显得尤为可悲。她或许还猜想是因为夫人知晓了太守对她献殷勤一事才疏远了她。其实，女子在京都时也曾经数次被主家毫无缘由地辞退，无论去哪也干不长久，无可奈何下才回到故乡，在陆奥太守府上做帮佣。她一直为自己被视作一个可怜又愚蠢的女人感到羞耻。

她离开陆奥太守府邸之后在老家待了许久，听说之后又到出羽太守的府上做佣人，不久后就死了。后来，根据人们的道听途说，她是妖怪一事再次被人识破。当头颅与躯体分离的时候，有人把水盆放在枕头上，回来的头颅失去了归处，她最终在痛苦中死去。就是这样一个凄惨的故事。

*

Y君是我的堂弟，刚从希腊归来。此刻他正仰面躺在我家客厅的沙发上，翻阅着荒木田丽女的《怪世谈》，不时端起希腊葡萄酒小酌。

比我年轻二十岁的 Y君还是学生，主要致力于 18 世纪法国比较文学研究。他一直广泛收集国内外的文献，经常给我以新的灵感，是我不可多得的友人。不仅如此，他很擅长发现不合常理的视角，总是给予我解开错综复杂问题的线索。我仿佛循着 Y 君用逻辑吹响的笛声，将零落的骨头拼凑在一起，让一具成形的骷髅翩然跳起死亡之舞①。然而，跳舞的骷髅有时也会轰然跌倒在地，Y 君的逻辑推理不见得每次都能奏效。

我在 Y 君面前大略地念了一遍《飞头蛮》的故事。他边听边露出耐人寻味的笑容，抿了一口希腊葡萄酒，一开口就说出这样的话：

"堂兄对丽女的这一短篇有多偏爱，我已经了解了。确实像兄长你的作风。因为，与其说这是辘轳首的故事，不如说是无头女人的故事。说实话，兄长恐怕也被这种魅力诱惑了吧？"

"喂喂，别开玩笑啦。你说话的腔调像是在对我进行精神分析似的。"

"兄长的精神分析留待日后，先来说说这个短篇。不管怎么说，故事中给人印象最深的场景无疑是与无头女的性交。"

"但是陆奥太守并没有与她发生肉体关系，只不过是偷偷接近熟睡中的女子，而且是个只剩躯干的女子。"

"不错，书中确实没有写到性交的情节，这件事也的确未曾发生，但是此处却在强烈暗示与无头女的性交。其

---

① 死亡之舞，欧洲中世纪寓言、诗歌、绘画、雕刻中流行的主题，源于十四世纪法兰西诗歌中描绘的在死亡的恐惧面前陷入疯狂之人的舞蹈。一说起源于黑死病。

实，这就是角色反转的犹滴①与何乐弗尼的神话。"

"什么？你又说这么出人意料的话。"

"不，并非如此。因为如果将犹滴与何乐弗尼故事中的被害替换为自发行为，不就变成飞头蛮的故事了吗？前者是失去头的男人，后者是没有头的女人。当然，化身飞头蛮的女人不像何乐弗尼是被人砍掉脑袋。尽管如此，太守见到无头女人后仍心怀愧疚，我认为这是他潜意识中存在的斩首情结所导致的。"

"斩首情结？第一次听到这种说法。"

"兄长当然是第一次听说，因为这是我刚才生造的术语。简而言之，它不过是阉割情结在他者身上的投影，或者说是阉割情结的对立面。我们有必要记住，在想象力的世界里，主语与宾语经常彼此交换角色。因此，被斩首之人与斩首之人其实是同一人。从心理学的角度上看，何乐弗尼与太守站在完全相同的立场上。"

"唔，总觉得又被你的花言巧语唬住了。"

"虽然圣经中没有明确记载，不言而喻的是，犹滴和何乐弗尼的主题散发着一种极具色情意味的诱惑。寡妇犹滴与醉酒的敌军统帅何乐弗尼共处一室，在他达到欢愉的顶峰、陷入昏睡时，犹滴看准时机割下他的脑袋。而且，

---

① 犹滴，圣经故事人物，出自《旧约·犹滴传》。当亚述军队围困以色列人时，犹太寡妇犹滴假装是告密者来到亚述军营，利用美色接近统帅何乐弗尼，趁其酒醉砍下了他的头颅，拯救了以色列人。

被砍下的敌将首级分明象征了被阉割的阳具。无论是斩首之人变成被斩首之人，还是被斩首之人变成斩首之人，即使两者略有不同，我认为，丽女笔下的飞头蛮故事呈现的是同一种心理学机制。"

"这么说的话，何乐弗尼等同于太守，犹滴等同于飞头蛮女子。的确，你的想法似乎也有道理。化身飞头蛮的女人让男人既感到恐惧又为之痴迷，这一点上与犹滴很相近。"

"是的，太守即是恐惧着阉割情结的怯懦之人何乐弗尼。在尚未猎获女人时，他的眼前就时时浮现出被切掉的阳具的幻影。这幻影仿佛映照在镜子中，投影成作为对手的女人的躯体。这即是无头女人的意象。"

"丽女身为女性，终究是无法想象出与无头女性交的男性角色。如果我是作者的话，故事会有所不同。首先我会让太守与女人一晌贪欢，待完事之后再让他发觉女人没有头。故事这么写会更有趣。在不知情的情况下拥抱了没有头的女人，之后才猛然察觉的太守会是多么惊惶狼狈。怎么样？"

我兴致十足地渴求他的认同，但Y君意味深长地笑道：

"这样一来，故事已经自然而然地变成兄长的精神分析了。虽然也不坏，不过嘛，今天就此打住。不如边闲谈边饮酒，兄长意下如何？这种希腊葡萄酒意外地醇美呐。"

"确实，有萨洛尼卡湾夏风的味道。"

虽说今年是多年不遇的冷夏，在我位于北镰仓的家中庭院里，经年不变的夏蝉合唱依然喧嚣。仲夏的黄昏，无事可做的我们借饮酒消磨时光，再没有什么时候能比此刻更让人陶醉在自甘堕落的满足感中。从刚才开始，在我和Y君之间，就只有亲密的沉默不语。世间有一种人，无法忍受沉默，想方设法也要找出话题。不过我和Y君却与这种性情背道相驰。因此我们的谈话一旦中断，沉默就悄然而至。

好像突然想到了什么，Y君打破了此刻为止的沉默。

"兄长您知道吗？飞头蛮最早是由中国传来，在南方的安南附近，居住着被称作飞头蛮的部落……"

"这件事在前面已经写过，同样的事情还是不要在读者面前说两遍为好。"

"啊，是这样啊，失礼了。"

沉默再度来临。

又过了一会儿，Y君指着客厅角落的小桌上摆放的大理石像，不断地眨着眼睛：

"哎呀，这是什么？一直都没注意到。近来入手的收藏吗？"

"那个啊，是与你一样从希腊归来的朋友赠送的礼物。

只是便宜的仿制品而已，原型据说是普拉克西特列斯[①]的少女像，非常著名。"

"只有头部吗？"

"本来应该是等身大的全身像，听说在开俄斯岛出土时只剩下头部。你做何感想？"

"不错呀，性感的嘴唇，戏剧人物似的头发。在脑海中驰骋思绪幻想少女的全身像，也不失为一种趣味。"

"先前我曾经为我最爱的昔兰尼的维纳斯[②]撰文说，面对如此富有魅力的躯体，我们难以想象与之相称的容颜。比起从脸想象肉体，对我而言，从肉体想象脸更加困难。"

"所言极是。没有脸的肉体只是一具匿名的肉体，飞头蛮女子的躯体正是如此。在兄长看来，没有什么能比这种肉体更加色情了吧？"

"你又开始了。飞头蛮的话题就到此为止吧。"

最后，Y 君带来的三瓶希腊葡萄酒彻底喝完后，他踉跄地踏上归途。当他正要离开时：

"那尊大理石像或许是兄长的飞头蛮呐。一定是这样的，没错。"

留下谜一般的话语后，Y 君面带笑意离开了。那种笑

---

① 普拉克西特列斯（Praxiteles），公元前 4 世纪的希腊雕塑家，风格优美细腻，其作品是后世女神裸体雕塑的典范，代表作有《尼多斯的阿芙洛狄忒》《牧羊神》等。

② 昔兰尼的维纳斯，公元前 1 世纪左右的罗马雕像作品，没有头部和双臂，现藏于罗马国立美术馆。

容应该没有深意，只是他一贯的做派罢了。

*

是夜。

我小睡半晌就起来了，大概已经凌晨两点。沉浸在傍晚的醉意中，我忽然想起来有一份明天截止的短篇稿件还未动笔。

家人早已入睡，只有我一人还坐在书斋中。我低头在草稿纸上奋笔疾书，笔划过纸面的沙沙声清晰可闻，可闻的也只有此声。北镰仓的夜是寂静的。

忽然间，我察觉到一股奇妙的气息。抬头一看，房中虽不见人影，但我却总觉得有谁在那里。然而只消环顾一周，狭小的书斋一目了然，空无一人。

有过深夜独处经历的人想必都偶尔产生过这种念头。

我的书斋紧邻客厅，两个房间之间垂挂着一幅酒红色的天鹅绒帘子，平时一直束起来，只有工作时才会放下。我还是有些介怀，为了确认，我起身从帘子的缝隙中窥探昏暗的邻室。没有人，只有大理石少女头像静静伫立在房间角落的小桌上。

我回到书桌前，再次握笔在草稿纸上写了起来。不一会儿，我又感到与方才相同的气息。有人在那里，一定有谁在那里，我的直觉本能地叫喊着。坐在椅子上，我感觉身体因恐惧而发热。

我不由得把目光投向隔开了邻室的帘子。帘子仿佛在微微摇动。不，帘子确实在摇动着，后面的人影隐约可见。那人呼吸的时候，胸和腹部会时而鼓出，时而凹陷，尤其是胸部明显突起。毫无疑问，站在那里的是一位女性。

不经意间，我瞥见几乎垂到地板的帘子下摆后面，有一对雪白的纤足。那是大理石的脚，贝壳似的指甲微微泛出蔷薇色。她涂了指甲油，我想。

我心中的恐惧已经销声匿迹，取而代之的是一种不断膨胀的期待。女人的脚在帘子下稍有轻微的动作，我就已按捺不住地站起身，向帘子的对面跑去，将那有实感的女人的身体连同帘子一起揽在怀中。

然后我把帘子从她身上掀掉，犹如脱下一件长外套。她的肩膀以上空空如也，肩膀中间的部分宛如被剜掉一般。在灯光下，凄惨的模样被照得清清楚楚。这个大理石作的希腊少女没有头颅。

尽管如此，我仍满心欢喜，邀请无头少女坐在客厅的沙发上。我牵着她的手并肩而坐。

这时，我们正对面的小桌上，大理石少女的头颅发出沉闷的响声。我猛然看过去，只见没有瞳孔的大理石眼睛一动不动地注视着我。我感到一阵甜美的颤栗。

于是我站起身，双手郑重地捧起少女的头颅，来到坐在沙发上等待的无头少女身边，轻轻地把头安放在她的肩上。头颅与肩膀惊人地吻合。我愈加愉悦，向少女说道：

"你看，万事俱备了。"

至于后来我们在沙发上做了什么，很遗憾，我没有在此向读者公布的勇气。临近天亮时，我们还紧紧相拥，在沙发上稍微打了个盹儿。

当我再次睁开眼睛时，少女已经不在我的身旁了。

只是，我的草稿纸被她用了一张。少女留给我的信静静地躺在桌子上。令我惊叹的是，信上面写的是三十一文字[①]。

鹿角振兮荡荡，铎铃摇兮澹澹。

泽湄斯影，使我心美。[②]

疏于歌道的我实在难解风情，没有对这首和歌评头论足的资格。虽然读过一遍仍然不解其意，但反复默念个两三遍后，愚钝如我也发现这是一首离合诗[③]。"泽湄斯

---

① 三十一文字，和歌的别称，由按五七五七七顺序排列的三十一个音节构成。

② 原文为"さをしかの／つのにふるや／鈴の音の／澤にたつかげ／ひいでてや恋ふ"。原诗或译：牡鹿其角，维此澹淡。泽畔丽影，翳我恋思。或译：鹿角的铃儿轻轻摇晃，泽畔的人儿惹我心荡。和歌译法迄今未有定论，依照钱稻孙译《万叶集》旧例，将古诗体、歌谣体等诸种译文附上。

③ 离合诗（acrostic），起源于古希腊的诗体，数行诗句中的第一个词的首字母、最后一个词的尾字母或者其他特定位置的字母能组成词或词组。

影，使我心羡。"后半句的起首稍加扩展，不是显然能看出"龙""泽""彦"三字吗？按照同样的思路，前半句中也暗含了"涩"字 ①。我的名字被编入了这首和歌之中。

如堕五里雾中的我赶紧给 Y 君打了个电话。我觉得无论如何，还是先把事情经过一五一十告诉 Y 君为好。不知为何，话筒中只传来 Y 君爽朗的笑声。

"这显然是一首恋歌。当她留在贵府的客厅期间，已经深陷对兄长的爱慕不能自拔。不过，希腊的少女居然精通和歌，着实让我吃了一惊。"

对此我也深表惊讶。我所见到的绝非梦境。证据是自从那一夜之后，我家客厅的小桌上，普拉克西特列斯的大理石少女雕像忽然消失了。她究竟去了哪里呢？

---

① 涩泽龙彦念作"しぶさわたつひこ"。"し"可在原诗"さをしかの"中找到，"ふ"可在原诗"つのにふるや"中找到，"さわ"（澤）和"たつ"可在原诗"澤にたつかげ"中找到，"ひ"和"こ"（恋）可在原诗"ひいでてや恋ふ"中找到。

南
瓜

"Apocolocyntosis"，这个诘屈聱牙的词语不是妖言惑众的魔法咒语，而是地道的希腊语。它是一个很长的复合词，试着去拆解的话，前缀词"apo"意为"从……分离"，中间部分"colocynto"是"colocynthis"一词的词干，含义是"南瓜"，词缀的"sis"指"变成……的状态"。各部分缀连成"Apocolocyntosis"，意思是"从人变成南瓜"。在我半吊子的希腊语露出马脚之前，语法讲义就到此为止。

熟悉拉丁文学的读者想必已经心知肚明，"Apocolocyntosis"这一生造词出自哲学家塞涅卡①笔下。

---

① 卢修斯·阿奈乌斯·塞涅卡（Lucius Annaeus Seneca，前4—65），古罗马斯多葛派哲学家、政治家、剧作家，在自然哲学、道德哲学和悲剧等方面均有著述。曾是尼禄皇帝的老师，被后者逼迫自杀。

罗马帝国第四代皇帝克劳狄乌斯[①]驾崩时，为了嘲弄这位让自己吃尽苦头的昏君，塞涅卡效仿梅尼普斯[②]的风格，用拉丁语写下一篇糅合了散文与韵文的讽刺作品。皇帝死后，这本没有作者署名的小册子《神圣的克劳狄乌斯变瓜记》在罗马社交界不胫而走，引得所有人捧腹大笑。也有学者强烈反对把这篇作品归于塞涅卡名下，他们认为塞涅卡不会写出如此低俗的文章。不过大多数人还是倾向于把它视为塞涅卡的作品。

　　《神圣的克劳狄乌斯变瓜记》的情节并不复杂。收录在美文出版社的文艺古典丛书中的该文尚不到二十页，不一会儿就能读完。故事大略如下。克劳狄乌斯皇帝死后像历代罗马皇帝一样被神化。他来到天界后因为词不达意，诸神无法裁决其身份。"要不要承认这个男人是神"的问题在诸神间引起了激烈争论。最后，他由于在人间杀戮无度而遭到天界放逐。克劳狄乌斯从天界被带回人间的途中，行至罗马时恰巧赶上了自己的葬礼。合唱队在葬礼上吟唱哀歌，皇帝这才发觉自己已死。哀歌大肆赞颂皇帝的功绩，皇帝刚听得有几分飘飘然，就被同行的人用力拽走，走进了冥府的入口。这时，被皇帝残忍杀害的亡

---

① 克劳狄乌斯（Tiberius Claudius Caesar Augustus Germanicus，前10—54），罗马帝国第四任皇帝。在他治下罗马稳定发展，但塔西佗将他描述为一个受控于妻子、家奴的懦弱者。
② 梅尼普斯（Menippus），约公元前三世纪的犬儒派哲学家，擅长以讽刺手法讲述犬儒派哲学观。

灵们接连不断地汹汹而来。皇帝叫喊道："我的朋友，你们为什么在这里？"其中一人回答："你在说什么鬼话？可憎的杀人魔头！不是拜你所赐，我们才被送到这里的吗？"他们把皇帝押解到冥府判官埃阿科斯[①]的面前，恳求裁决其生前的罪恶。埃阿科斯跟生前的皇帝一样，只听取不利于被告的申诉，最终对皇帝下达了有罪判决。就这样，可怜的皇帝先是变成了卡利古拉[②]的奴隶，后来被转让给埃阿科斯，第三次甚至给米南德当了奴隶。米南德曾经是奴隶，正是皇帝本人赐予了他公民身份。可谓是因果报应……

　　后来的故事应如题目所示，克劳狄乌斯皇帝变成了南瓜，但可惜后续部分已经佚失。历代罗马皇帝都被赋予神格，唯有克劳狄乌斯变成南瓜，这无疑是出自塞涅卡之手的绝妙戏谑。最重要的变形情节没有留存下来，诚然遗憾至极。顺带一提，此处出现的米南德是古希腊的常见人名，未必就是那位著名的喜剧诗人[③]。

---

① 埃阿科斯（Aeacus），希腊神话中的英雄，是宙斯与河流女神埃癸娜的儿子，以公正和虔诚闻名。他死后被诸神提升为冥府的三判官之一。
② 卡利古拉（Gaius Julius Caesar Augustus Germanicus，12—41），罗马帝国第三任皇帝，荒淫残暴，大肆兴建公共建筑，导致帝国财政恶化，被近卫军队长卡西乌斯·卡瑞亚刺杀身亡。
③ 米南德（Menander，前342—前290），古希腊剧作家，希腊新喜剧的代表，剧本以爱情故事与家庭生活为主题，代表作有《古怪人》等。

　　塞涅卡在当上尼禄①的老师之前，曾经被克劳狄乌斯皇帝流放到科西嘉岛，在失意中度过了八年，他自然对皇帝恨之入骨。皇帝时而自诩历史学家，装模作样地写书，时而摆出法学家的派头出席法庭裁决。塞涅卡对此一向嗤之以鼻。当皇帝去世之后，为追悼演讲献词的任务落到塞涅卡的头上，他期待已久，特意用最华美的辞藻粉饰皇帝的功业。追悼词由新任皇帝尼禄朗诵。一开始，吊唁者无不神情庄重地听着。"然而，当尼禄说起克劳狄乌斯的智慧与先见之明，所有人都不顾场合地笑了起来。"塔西佗②如是记述。塞涅卡将严肃的葬礼导演成一出闹剧，借此报复他憎恨的克劳狄乌斯。他不满足于此，还要痛打落水狗，散发匿名的小册子，最终把死去的皇帝变成了一个"南瓜"。由此可以一窥哲学家的执念之深。

　　话说回来，我为什么要对塞涅卡的《神圣的克劳狄乌斯变瓜记》做出长篇大论的说明来着？好险好险，差点就抛之脑后了。我真正想说的是南瓜。塞涅卡的讽刺文章只是南瓜登场前的开场白。

　　"南瓜"一词具有揶揄对方是傻瓜、蠢货的含义。若

---

① 尼禄（Nero Claudius Caesar Augustus Germanicus，37—68），罗马帝国第五任皇帝，行事残暴，杀死了自己的母亲及几任妻子，奢侈荒淫，沉湎艺术。然而他亦有诸多政绩。高卢、西班牙等行省爆发战乱后，尼禄逃离罗马，自尽身亡。

② 塔西佗（Gaius Cornelius Tacitus，55—117），古罗马著名的历史学家、文体家，罗马帝国执政官、元老院元老，著作有《历史》《编年史》等。

非如此，塞涅卡也不会费尽心机，想出把仇敌克劳狄乌斯变成南瓜的点子。日本自江户时代起就流传着"南瓜脑袋"与"南瓜混蛋"的脏话。古罗马人也不约而同使用相同的说法。阿普列尤斯[①]的《金驴记》第一卷写道：

> 您情愿深更半夜出门也都悉听尊便。但如果您非要纠结自己犯下的罪过，甚至内疚得想自杀，我们可不认识这种长着南瓜脑袋的人。要死要活都随您的便吧。（吴茂一译）

然而，此处"南瓜脑袋"中南瓜的词源是拉丁语"cucurbita"，而被塞涅卡写入讽刺文章标题的南瓜却是希腊语"colocynthis"。可见南瓜种类繁多，既有"cucurbita"（日本的拉丁语词典译为葫芦），想必也有"colocynthis"。后者是一种原产于非洲且外观酷似西瓜的药西瓜（colocynth），但个头要小得多，至今仍被人们当作药用植物栽培。"colocynth"毋宁说是"colocynto"的英语读法。

依我所见，南瓜原产于墨西哥及南美洲。在哥伦布发现新大陆后，欧洲才开始大规模种植。仔细推敲的话，无

---

① 阿普列尤斯（Lucius Apuleius，约124—170），古罗马作家、哲学家，著有小说《金驴记》，讲述了一个醉心魔法的青年误食魔药变成驴子，经历奇妙冒险与苦难后恢复人形的故事。

论是希腊语"colocynthis"还是拉丁语"cucurbita",似乎翻译成葫芦或者西瓜更加妥当。那种我们的脑海中立刻能联想到形状的南瓜,希腊人与罗马人大概从未见过。即使有相似的种类,恐怕也是像药西瓜一样产自非洲的葫芦科植物罢了。药西瓜和西瓜在《圣经》中屡有出现,很早就进入了古代欧洲人的生活。南方熊楠[①]写道:"中国的古书中分不清瓜与瓠的情况屡见不鲜,无独有偶,印度与欧洲也常用同一词去称呼南瓜与葫芦。"就"cucurbita"和"colocynthis"的情况而言,诚如熊楠所言。

老普林尼在描述黄瓜、喷瓜及甜瓜等植物之时,提到了一种人们知之甚少的葫芦科植物"somphus":

> 这种野生葫芦内部疏松多孔,因此希腊人将其命名为"somphus"。它仅有手指般粗细,生长在石头覆盖的土地上。捣碎后的汁液对胃大有裨益。(《自然史》第二十卷第七章)

所谓的"somphus"大概是一种丝瓜。因为在希腊语中,"somphus"意指如海绵一样多孔之物。欧洲自古以来就流行将丝瓜的网状纤维从果肉剥离出来充当海绵的做法。如果这种"somphus"确是丝瓜的话,丝瓜亦属于

---

① 南方熊楠(1867—1941),日本近代杰出的博物学家、生物学家和民俗学家。

"cucurbita"，也即是广义上的葫芦或南瓜。

老普林尼的《自然史》第二十卷第八章的开头部分对药西瓜有所提及，在此稍做引用：

> 野生的药西瓜有很多种子，比起人工栽培的品种要小得多。黄色的药西瓜要比绿色的品种更加名贵。晒干后可以当作泻药直接服用。另外，它也常用作灌肠剂，对肠、肾脏与腰部疾病均有效果，对中风症有奇效。取出药西瓜的种子后，在瓜中斟满蜂蜜水，再在锅中把它煮成原先一半大小，即可提取出 4 欧布鲁斯[①]的灌肠剂。

一般认为，此处所描述的植物就是现在的药西瓜。美文出版社版《自然史》的注释者认为药西瓜的拉丁语名为"cucurbita silvestris"（野生葫芦）。这样一来，不如说药西瓜只是"cucurbita"的一种，而"cucurbita"更像是某种葫芦科植物的总称。所以我还是不敢苟同"南瓜"这一译词。

当我不着边际地思考这些事情的时候，碰巧筑摩书房的宣传杂志《筑摩》的三月刊寄到了我家。自从前些年陷入经营困境以来，这本杂志瘦成了寒碜的薄薄一本。我很

---

① 欧布鲁斯（Obolus），古希腊重量单位，古罗马时 1 欧布鲁斯为约 0.58 克。

喜欢这种薄杂志，便立刻随手翻阅起来，目光不由得停驻在西胁顺三郎[①]的诗《冬日香颂》上，引用如下：

> 从永恒的对岸飘来
> 葫芦与南瓜的冬日香颂
> ……

面对如此不可思议的巧合，我不由得大吃一惊。这实属罕见。

＊

关于南瓜的话题，我还想再叙一二，恳望读者不要腻烦，姑且耐下心来听我再胡诌一会儿。

于斯曼[②]的《大教堂》第十章展现了他对中世纪基督教的博学，尤其是植物的象征理论。书中的布隆神父发表过如下看法：

---

① 西胁顺三郎（1894—1982），诗人、英国文学研究者，日本现代诗的代表性诗人，其作品具有超现实主义的抒情风格，著有诗集《谷物祭》《旅人不归》等。
② 于斯曼（Charles-Marie-Georges Huysmans，1848—1907），法国小说家，早期为自然主义作家，后转入唯美主义与神秘主义创作，著有《逆流》《大教堂》《彼岸》等。

　　说到傲慢，我们会联想到南瓜。从前在西锡安[①]，南瓜像女神一样受到崇拜。它被视为丰收的象征，亦被视为傲慢的象征。之所以代表丰收，因为它的种子很多，发育很快。修道士瓦尔弗雷德·斯特拉堡在一首漂亮的六音步诗中用整整一章的篇幅讴歌南瓜的生长。之所以代表傲慢，因为它有一颗空空如也的脑袋与格外显眼的肿胀身材。

　　此处布隆神父口中的"南瓜"是法语中的"citrouille"，与拉丁语的"cucurbita"具有相同的含义。令人生厌的咬文嚼字就到此为止吧。文中出现的瓦尔弗雷德·斯特拉堡生活在九世纪前期，担任过著名的赖歇瑙修道院院长。他出生于施瓦本，是加洛林王朝文艺复兴的代表人物。在他留下的众多基督教颂歌中，于斯曼尤其喜欢朗诵《小庭园》或《园艺》中一篇歌咏南瓜的诗。

　　当时，在修道院石墙围成的四角形庭院中，不仅种植着众多药用植物，还有很多蔬菜与果树，修道士们凭此来研究植物学与药物学的知识。他们每日凝视着庭院中的植物，不禁沉浸在诗的象征理论的幻梦之中。修道院的四角形庭院起源于古罗马的柱廊园，通常建在教堂的南侧。两条十字形相交的小径将庭院分割成四个小长方形。庭院的

---

① 西锡安（Sicyon），古希腊城邦，位于伯罗奔尼撒半岛北部的科林西亚。

中心是一口水井或者一汪清泉，既用以灌溉植物，又给修道士们解渴。有时，修道士会在泉中养鱼，以熬过没有肉吃的日子。

　　位于瑞士圣加伦的本笃会修道院的图书馆中，保存着加洛林王朝时期修道院的理想平面设计图。图中的菜园被井然有序地分成十八个小部分，墓地的部分也兼作果园，墓碑之间栽植着排列整齐的果树。有趣的是，庭院中还有一处专门栽种药草的园地，跟病房或医务室离得很近。设计图中还标注了药草园应该栽种的植物，可以看见百合、蔷薇和唐菖蒲的名字。不过，这里出现的唐菖蒲实际上应该是"日耳曼尼亚的伊里斯①"（德意志鸢尾）。当时，原产于非洲南部的唐菖蒲应该还不为欧洲人所知，地中海沿岸种植的另一种唐菖蒲则完全不能入药。说到鸢尾花，还有一种"佛罗伦萨的伊里斯"（香根鸢尾）也是中世纪常见的药草。若是将它的紫色花瓣和明矾混合揉碎，就能制成一种美丽的绿色液体，修道士们常用它给手抄本染色。

　　隐居赖歇瑙修道院的瓦尔弗雷德·斯特拉堡或许是当时最杰出的庭园文学的创始者之一。赖歇瑙岛位于德国与瑞士边境的康斯坦茨湖（又称博登湖），只有一条堤坝与陆地相连。小岛离湖畔的圣加伦仅咫尺之遥。修道院位于岛上，庭院处于建筑物的东侧。宏伟的门廊为它遮风挡

―――――――――

① 伊里斯，希腊神话中的彩虹女神与诸神的使者。

雨，南面的高墙会挡住酷烈的阳光。瓦尔弗雷德将满腔心血倾注在这座小小的庭院中，为它痴迷，为它歌唱。冬霜消融之时，在春光雨露的洗礼中植物们从睡梦中苏醒。他亲自翻土、除草和施肥，悉心耕耘这片土地。《小庭园》共二十三篇，四百一十四行。全诗用拉丁语写成，每篇六脚韵诗歌咏一种植物。他歌咏二十三种植物的同时还不忘陈述其医学效用。

入诗的植物包括鼠尾草、苦艾、南瓜、甜瓜、茴香、唐菖蒲（实为德意志鸢尾）、芍药、罂粟、薄荷、芹菜、龙牙草、白屈菜、荷兰芹、辣根、山道年草等等。拉丁语的植物学名翻译成日语着实要大费一番周章，就不再赘述了。全诗最后的篇章属于蔷薇与百合。这是中世纪寓言文学的常用手法，蔷薇象征殉教者的血，百合象征信仰的纯粹性，也许是因为作者希望以基督教的寓意结束全诗。《小庭园》题献给圣加伦的主教。全诗最后写道：

> 当绿荫覆盖了你的庭院，当丰收的苹果压弯了枝头，请你在桃树的斑驳光影洒落之地坐下，念起我的诗吧。这就是我的幸福……

倘若我不把瓦尔弗雷德的诗中《南瓜》一篇翻译过来供读者过目，似乎于情于理都说不通。直接从拉丁语翻译也不是绝无可能，但是凭我微薄的才学实在力有未逮。幸

运的是，当我陷入苦恼之时，偶然发现雷·德·古尔蒙[①]
在他的中世纪基督教拉丁诗歌史《拉丁诗歌与神秘主义》
中，用法语翻译并介绍了这首诗的一部分。既幸逢及时
雨，何不妨让我好好利用呢。我依据古尔蒙的法语译文，
同时参考拉丁语原文将这首诗译出。这样一来，若我的日
语译文词不达意，一概是古尔蒙先生的纰漏，还望读者周
知。古尔蒙的眼力着实老辣，他所引用的短短八行无疑是
《小庭园》的点睛之笔。

　　　　Mea fragilis de stirpe cucurbita surgens

　　　　Diligit appositas, sua sustentacula, furcas,

　　　　Atque amplexa suas uncis tenet unguibus alnos,

　　　　Et quoniam duplicem producunt singula funem

　　　　Undique fulturam dextra levaque prehendunt,

　　　　Et velut in fusum nentes cum pensa puellae

　　　　Mollia Trajiciunt, spirisque ingentibus omnem

　　　　Florum seriem pulchro metantur in orbes……

　　我那纤弱的南瓜苗壮成长，
　　柔韧的嫩茎深爱着支撑它的细木，

---

① 雷米·德·古尔蒙（Remy de Gourmont，1858—1915），法国评论家、
诗人、小说家，象征主义运动的理论家，著有评论集《假面之书》《文学
散步》等。

紧抱着榛树，卷须缠绕在支木上。
为使每一根藤蔓分叉的嫩茎尽情舒展，
左右各架起一根支木。
似那妙龄的纺纱女用纺锤从两侧牵丝引线。
嫩芽伸展所向，那一枝绽放的繁花，
仿佛在描画一个巨大螺旋。

　　这是一首有趣的诗，尽管朴素却也不乏奇思妙想。"纤弱的南瓜[①]"这一妙语只是我无意中写出的俏皮话。诗中充满了鲜活生动的描述，只消一读，诗人饱含爱意地观察南瓜生长的画面便会跃然纸上。唯有与植物朝夕相处、对植物的习性抱有浓厚兴趣的人方能写出这样的诗。为什么作者能够想象出犹如细密画一般拟人化的世界？或许是因为，诗中没有一个意象不是出于细心的观察，没有一处修辞落入陈词滥调。我尤其中意纺锤与螺旋的意象，不禁引人想起另一位晚于瓦尔弗雷德八百年出生的庭园诗人——十七世纪的英国诗人马维尔[②]。

　　不过，我无意展开对诗学的讨论，这位中世纪修道院长的消遣闲情之诗就且说到这里吧。与此相比，我更关心诗人的一处美妙发现：南瓜花排列成螺旋形。

---

① 日文中的纤弱（かぼそい）与南瓜（かぼちゃ）读音相近，故有此说。
② 安德鲁·马维尔（Andrew Marvell，1621—1678），英国玄学派诗人，其诗调和了理性与浪漫的审美范畴，代表作有《花园》等。

歌德[①]的论文《论植物的螺旋生长倾向》描述道：

> 旋花科植物螺旋生长的优势是显而易见的。没
> 有植物能够一直向上生长或葡匐向下生长。首先要找
> 到笔直向上的物体，通过不断地卷曲缠绕，便能向更
> 高的地方攀爬……藤蔓植物必须依附在其他物体上，
> 向外界寻求自身所欠缺的能力。

> 请试着回想起刚才提到的支木与旋花的比喻。
> 再进一步，想象一下缠绕在榆木上的葡萄藤吧。我们
> 通过观察自然现象便不难发现：女性特质之物与男性
> 特质之物，寻求之物与给予之物，均具有排列成垂直
> 方向与螺旋方向的倾向。

*

南瓜复南瓜，既然已经围绕南瓜行文至此，最后我仍
想以南瓜结尾。然而任凭我如何搜索枯肠，在南瓜的话题
上实在已是词穷墨尽。看来今年南瓜歉收，让我陷入一瓜

---

① 约翰·沃尔夫冈·冯·歌德（Johann Wolfgang von Goethe，1749—
1832），德国剧作家、小说家、诗人、自然科学家和政治人物，与席勒同
为狂飙突进运动的杰出代表。他著有诗剧《浮士德》，小说《少年维特的
烦恼》《威廉·迈斯特的漫游时代》等。

难求的窘境。无可奈何，我决定用甜瓜取而代之。甜瓜亦属于"cucurbita"的一种，这篇随笔也称得上有头有尾了。

提起歌颂甜瓜的诗人，我们首先会想到十七世纪法国的不羁文人圣阿芒[①]。此前我曾翻译过圣阿芒《甜瓜》中的十行诗句。趁此机会，不如将四十六行诗句全部翻译出来。

> 整间屋子漫溢着沁人馨香。
> 麝香与龙涎香般的甘美气息
> 迷醉了我的头脑和心神。
> 究竟是何物？啊，找到了——
> 一枚甜瓜在苍翠欲滴的果篮中
> 造化的天工
> 将几行绮丽的花体字镌刻其上。
> 求你允许我品尝一口吧，
> 我愿将那燃烧的思绪全部献给你。
> 噢，令人窒息的浓香，
> 嘴唇轻触便已深深陶醉。
> 噢，诸神啊，这绚美夺目的色泽与鲜美
> 无疑是只应天上有的逸品。
> 黄里泛红的色彩装点着它的身体，

[①] 马克·安东·德·圣阿芒（Marc-Antoine Girard，1594—1661），法国巴洛克时期诗人，其诗体风格多变，擅长描写绚丽的异国风光。戈蒂埃认为他是浪漫主义的先驱。

果肉饱满，腹中几乎没有种子，

不禁诱人思考：

如此稀少的它与黄金又有何异？

薄薄一层外皮吹弹可破，

这是国王方能享受的珍馐佳味。

我虽不是国王却享用此物……

是啊，椰子的果实何其美味，

无论多么难以伺候的客人

只要一个就会满足。

我还爱那可口的杏子，

涂满奶油的草莓，

从天而降的吗哪[①]，

醇美蜂蜜制成的糕点，

产自图尔的神圣的梨，

甜美的绿色无花果，

汁液饱满的麝香葡萄。

（我的话语中没有丝毫掺假）

这些果实与为安茹[②]带来名誉、

如神明般的甜瓜相比，

---

① 根据《旧约·出埃及记》记载，摩西带领以色列人在旷野生活的 40 年中，上帝赐给他们一种有如白霜的小圆物为粮，名为吗哪（Manna）。

② 安茹（法语: Anjou），法国旧制度下的行省，位于法国西北部，大致对应现在的曼恩 – 卢瓦尔省。

只能说是味同嚼蜡……

噢，珍贵的食物，口腹的欢喜。

在苗床上匍匐生长，优美的你！

植物中的爬虫类。

噢，比黄金更尊贵，你是阿波罗的杰作。

水果之王，噢，令人心荡的甜瓜。

　　让·鲁塞尔在他的《法兰西巴洛克时期的文学》中提到马里诺[①]、贡戈拉[②]、克维多·比列加斯[③]与圣阿芒等人的作品中都曾出现过的一个诗性隐喻的典型：把鸟比作"长着翅膀的小提琴"。同样是隐藏本质的文学谜语，将藤蔓植物"甜瓜"比作"匍匐的植物中的爬虫类"，亦可称为巴洛克式的隐喻。说实话，我之所以将这首四十六行的诗歌翻译出来，只是因为偏爱这个隐喻罢了。

[①] 马里诺（Giambattista Marino，1569—1625），意大利诗人，巴洛克时期的代表诗人，构思奇特，诗风感性，著有长诗《阿多尼斯》。

[②] 路易斯·德·贡戈拉·伊·阿尔戈特（Luis de Góngora y Argote，1561—1627），西班牙黄金世纪的巴洛克诗人，创立了矫饰主义的传统，著有《孤独》《波吕斐摩斯和加拉亚》等。

[③] 克维多·比列加斯（1580—1645），西班牙贵族政治家，巴洛克时期的作家，著有流浪汉小说《骗子堂巴勃罗斯的生平》等。

食字虫

五月将尽的一天，时值酷暑。即使一动不动肌肤也会汗津津的，脑袋里好像长满了雨后的蘑菇，令人躁郁不安。我一直在自家的书房寻找某样东西，室内只有除湿器低沉作响。虽说是寻找，可究竟要寻找什么，连我自己也不甚了了。只是莫名地焦躁难耐，仿佛头脑中被掘开一个洞，有什么重要的东西从中掉落了。"哎，是什么来着……""啊，难道……""不，等等……"我一边口中念叨着无意义的话语，一边漫无目的地拿出书架上的书旋即又放回去。

我的书架上没有多少意大利语的原版书。偶然间，我的手如同被什么引导着，无意识地抽出了夹在但丁[①]与

_____

① 但丁·阿利吉耶里（Dante Alighieri，1265—1321），意大利中世纪诗人，现代意大利语的奠基者。出身佛罗伦萨贵族世家，一生在教皇与皇帝两派党羽的冲突中度过。著有长篇叙事诗《神曲》、抒情诗集《新生》以及《论俗语》《帝制论》《飨宴》等。

阿雷蒂诺①之间的塔索②。这本纸张泛黄的旧书是托尔夸托·塔索的《被解放的耶路撒冷》。为何特意选择这本平日从不曾翻阅的书呢？这出乎我的意料，不过，我从前就很喜欢塔索，虽然理由有些微不足道。我的本名龙雄（タ ツオ）与塔索（タッソー）的念法相通③罢了。年轻时我经常故作风流，在给友人的信末署名"Tasso Shibousawa"（塔索·涩泽），并为此洋洋得意。我曾给如今已不在人世的让·科克托④写过一封信并署名塔索，就为了贪图他给我的回信里用漂亮的字体写上"Monsieur Tasso Shibousawa"（致涩泽塔索先生）。这是千真万确的事情呐。若是有人怀疑，我可以出示科克托的亲笔信。

不过，这些都无关紧要。在这间即便是白天，如果不打开电灯就无法看清书上文字的昏暗书房中，我随手翻开厚达五百页的《被解放的耶路撒冷》，恰巧翻到了正中间的页数，是第十首诗的六十三节至七十节。众所周

①　皮埃特罗·阿雷蒂诺（Pietro Aretino，1492—1556），意大利诗人、文学家，以讽刺笔调描写王公贵族、圣职人员丧失权力后的虚伪堕落，著有悲剧《奥拉齐娅》。

②　托尔夸托·塔索（Torquato Tasso，1544—1595），意大利诗人，文艺复兴的晚期代表，创作有歌颂骑士业绩的长诗《里纳尔多》《被解放的耶路撒冷》。

③　相通（そうつう），日本江户时代的语言学术语，原指在语源关系上相近的两词之间，对应的音节可互相通用。一般认为，受梵文影响，五十音图的同行5个音与同段10个音可通用。

④　让·科克托（Jean Maurice Eugène Clément Cocteau，1889—1963），法国诗人、小说家、剧作家、电影导演、法兰西学院院士，代表作有小说《可怕的孩子们》，电影《诗人之血》《可怕的父母》等。

知，《被解放的耶路撒冷》是采用八脚韵写成的二十首叙事长诗，总共二十章。各首篇幅参差不齐，有的甚至超过了一百节。这本书已在我家书房收藏许久，翻阅至这一页时，我却像初读般茫然。不，或许曾有过目，却连只言片语也没有记住。我将第六十六节引用如下：

> Legge la maga : ed io pensiero e voglia
>
> sento mutar, mutar vita ed albergo.
>
> （Strana virtú！）novo pensier m'invoglia;
>
> salto ne l'acqua, e mi vi tuffo e immergo.
>
> Non so come ogni gamba entro s'accoglia,
>
> come l'un braccio e l'altro entri nel tergo;
>
> m'accorcio e stringo; e su la pelle cresce
>
> Squamoso il cuoio; e d'uom son fatto......

这时我才注意到，最后一行的最后一个单词消失不见了，恐怕是被衣鱼①吃掉了。书页上留下了一个形状不规则的小洞，就像芝士内部的空洞似的，无疑是衣鱼大快朵颐后的狼藉景象，或者说，是此虫数年不懈挖出的壕沟。"可恨的虫子……"，我不禁小声嘟囔着。不过把书闲置在潮湿的书房，数年间都没有翻开过，难免遭逢厄运。或许

---

① 衣鱼，缨尾目衣鱼科昆虫的总称，自古以蛀蚀旧书的害虫而闻名。中国古代称之为蠹鱼。

更应该责怪我自己疏于整理。另外，这一节诗使我莫名无法释怀，接下来我便将它译成日语。当然，意大利语非我所长，我仅仅是依靠词典译出大意罢了。

> 魔女一念咒语，我的意志、情感立即起了变化，
> 灵魂与肉体也遽然蜕变
> 不可思议的力量！一种新生的意志驱使着我
> 纵身跃入水中
> 不知为何，我的两腿紧紧靠拢合一
> 双臂也深深陷入脊背。
> 我的躯体在缩小，皮肤长出鳞片，
> 我从人类变成了……

　　诗中的魔女是指大马士革国王伊德劳的侄女阿米达。她不但年轻貌美，又跟随与恶魔交好的叔父修炼魔法。她一手握着鞭子，一手持魔法书，低声吟唱咒语。霎时，宴席间落座的十字军骑士们纷纷丧失了意志，甚至连灵魂所寄宿的肉体也发生变化，不顾一切地跳入水中。不可思议的事情发生了。他们的两腿粘连在一起，双臂顺滑地埋进后背中，身体越缩越小，银色的鱼鳞覆满了全身。骑士们变成了鱼……不，究竟是否变成鱼，我不得而知。因为在我的书中，该部分已经遗失，被衣鱼吃掉后只留下一个洞罢了。

　　我把书摊开放在桌子上，想要歇口气，将熄灭的烟斗再次点上。此时，有什么闪烁着银光的小东西从塔索的书上窜过。莫非是我看错了？

　　并非如此。

　　我迅速用左手举着的长方形放大镜，将冒着银光的小东西倒扣在书页上。想必有很多人知道，这种特大号放大镜是某出版社纪念创立八十周年而送给作家们的礼物。连我这样不常供稿的作者也收到了一份，可见散发数量之多。据说这一纪念品意外地广受好评。因为有许多作家都戴老花镜，而且像我一样看小字时喜用放大镜者亦不在少数。这种放大镜特地采用了宽幅镜框，为了使放大镜平放在桌面时也不损伤到镜片。银光熠熠的生物被我困在桌面与镜片的间隙之中。

　　那是一只虫子，一只形似游鱼的虫子。不消说，此即是衣鱼。《本草纲目》的作者形容它"其形稍似鱼"，故而又名白鱼、蟬鱼、壁鱼、陆鱼、蚋鱼、蠹鱼、纸鱼，日本人自古以来称之为云母虫。这家伙仿佛身披银色甲胄，八毫米的纺锤形身体闪烁着光泽。它在镜片下令人眼花缭乱地冲撞了片刻，似乎意识到自己无路可逃，随即就一动不动了。它并不是被碾死了，镜片与纸间的空隙足以供它自由活动。

　　我透过放大镜仔细观察。它虽说是虫，却没有鳞翅。身体成多节状，头部生有一对触角，尾部长着三根细长的尾巴，仿若古生代志留纪①的甲胄鱼，身着灰暗的熏银铠甲。这身前卫的装束堪称走在仿古典主义流行的前沿，哪怕在昆虫界亦为翘楚。在明灭的光线下，虫子的身影时而被拉长，时而又缩小，变幻出一幅殊为奇异的光景。

我慢悠悠地点燃烟斗，观望着被关在镜片下的虫子。它正在顺从地等待我的发落。

"原来是你这家伙吃掉了塔索。"

出人意料的是，这只虫子竟然回答了我。不知是出于耻辱还是悔恨，它方才为止纹丝不动的身体突然哆嗦个不停。

"万分抱歉，在下太饿了，一不小心就……"

这声音清澈悦耳，又细若游丝。读者们都听过暮蝉的鸣叫声吧？当然，绝非如蝉鸣那般嘹亮。如果夜蝉能通人语，大概就会发出这种动听的声音。我倒有些张皇失措起来：

"没关系，我也不是责怪你。不过，肚子饿得不行的时候就吃没印上字的白纸嘛，至少把塔索的诗留下来。"

"单单白纸实在食之无味，无论如何都要吃的话，在下更想吃文字。因为文字才美味。"

我不禁起了坏心眼，想要刁难它一番：

"唔……不论什么文字都美味吗？"

———————

① 志留纪，古生代第三个纪，始于 4.4 亿年前，结束于 4.1 亿年前。

实际上，我已经有所察觉，并非一切文字都是美味的、必定存在好吃的文字与难吃的文字。或许比起文字，真正勾起食欲的是字面背后的观念。诸如第十章第六十六节出现的"maga"（魔女）、"tergo"（脊背）、"squamoso"（覆满鳞片）等词语，怎么想都不会觉得好吃。我想这只虫子一定吃掉了对它而言最美味的字。

虫子颤抖得更加厉害，熏银铠甲周遭的鳞片抖动得几乎要飞溅而出。它说：

"想不到已经被您看透了，看来也隐瞒不下去了。如实相告，其实在下对某个词尤其喜爱。见到它时，无论如何也想要吃到。"

"你从塔索诗中吃掉的就是那个词吗？"

"正是如此。"

我一时间说不出话来。总觉得明明没有正当理由，就非要从虫子口中打听那个词语，十分难为情。终于，我还是按捺不住，开口问道：

"你吃掉了哪个词？"

虫子突然换了一副郑重其事的语气说道：

"作为交换条件，只要您肯把我从放大镜下放走，我就一定告诉您。我们来做个约定如何？您将镜片稍微抬高一点，我立刻说出那个词。"

我不再多想，随即依照虫子所说，用左手轻轻地把放大镜抬高五厘米。

"Un pesce（一条鱼）……"

恍若美玉琳琅的清脆之声回响耳畔。虫子银色的身体再次闪烁起来，迅速从塔索的书上逃走了。只一瞬间，那身影就从我的视野中消失不见了。

于是，书房中只剩下我一人陷入茫然之中。某种紧张过后的快意与松懈，如同潮汐般不断地涌上来。我一边沉浸在惬意的波浪中，一边想入非非：如果这只穿着熏银铠甲的小小衣鱼正是曾经被阿米达施法变成鱼的十字军骑士呢？这家伙嗜鱼如命，可他自己不就是一条鱼吗？更有甚者，或许在遥远的过去，我也曾是一条鱼。这些莫名其妙的想法久久萦绕在我心头。

另有一件怪事不可不说。那天早晨，我一直备受焦虑感的折磨。脑中仿佛突然裂开一个洞，遗忘了某种重要的东西，却始终无法回忆起来。可是一听到那只虫子的美妙声音，一切焦虑感都烟消云散了。对于这件不可思议之事，无论怎么想都难以解释。

*

那么，荒唐可笑的故事就到此为止，接下来书归正传。

很早以前我就发现，中国与日本自古以来都流传着许多人化身成鱼的传说。可是在始于希腊神话的欧洲文化长河中，这种传说不是绝对没有，但可说是少之又少，只有一个关于第勒尼安的水手们被变成海豚的传说与之相似。由此可见，我方才所举的例子——塔索的《被解放的耶路撒冷》第十首诗中阿米达的魔法是多么独一无二。不过，人变成鱼的过程描写不如说是一种类型化叙事，最直接的范本见于但丁的《神曲·地狱篇》。在但丁笔下，人没有变成鱼，而是变成了蛇。变蛇的故事在欧洲则屡见不鲜。为了与塔索的描写做比较，以下引用寿岳文章[①]的译文，变形的记述起自原诗第二十五篇的第一百零六行：

> 蛇的尾巴开了叉，被咬的罪人并拢了两条腿。并拢得不留痕迹……我看见一个的手臂收缩到腋窝里去，另一个的前脚（本来短到难以看见）伸长出来，一个收缩得怎么快，另一个就伸长得怎么快。（中译参照王维克译本）

比但丁更古老的记述出自古罗马诗人奥维德的《变形记》，两段描写颇为相似。以下引用田中秀央、前田敬作二人的译文，起自卷四的第五百七十六行：

> 他觉得皮肤变硬了，长出了鳞甲，身体变黑了，

---

① 寿岳文章（1900—1992），日本和纸研究学者、书志学家、英国文学学者，以翻译但丁的《神曲》而闻名。

上面还长出许多蓝绿色的花斑。他的前胸倒伏在地上，两条腿并成了一条，愈往下愈细，最后变成一条尖尾巴。（中译参照杨周翰译本）

古今东西的文学作品中，最为典雅洗练的化鱼奇谈当属十八世纪日本作家上田秋成①的《梦应鲤鱼》。此篇中全然没有西欧文学中的详细描写，叙述极为简约，看似平淡无奇，却于无声处听惊雷。

我心有诧异，再看身上，不知何时遍生金鳞，化作了一条鲤鱼。我不觉有异，摇尾鼓鳍，逍遥自在地游曳远去。

*

想必瞒不过读者的慧眼，关于衣鱼的奇谈是我受到《今昔物语集》②中某个故事的启发后所写。我从来不在独创性上吹毛求疵，还挺享受自揭自己创作故事的老底。

① 上田秋成（1734—1809），江户时代后期的日本国学学者、歌人、小说家，精通《万叶集》、音韵学，多次与本居宣长论战，著有《雨月物语》《春雨物语》等。
②《今昔物语集》，日本平安后期的故事集，共31卷，收录1040个故事，具有很强的佛教训谕性倾向，分为天竺（印度）、震旦（中国）、本朝（日本）三部分。每个故事都以"今は昔（却说昔时）"开篇，故名《今昔物语集》。

（这可说不上是什么优良志趣。）

这个故事出自《今昔物语集》卷十四第十三篇"入道觉念持诵《法华经》①得知前世"，而且，同书卷七第二十篇以及《法华验记》②中卷第七十八篇中都收录了相似的故事。一般认为《今昔》的故事取材自《法华》。对我而言，无论孰先孰后，只要故事有趣即可。我同时参考了两个版本，用我的笔法重写这桩奇谈。篇幅如此之短，也谈不上什么改编。

有一位名叫觉念的僧人，他是明快法师的兄长。自从他皈依佛门之后，恪守朝夕诵读《法华经》的习惯。然而，有三行经文他始终无法出声诵读。每当念诵至此，都会将这三行经文遗漏掉。即使将经卷展阅了千百遍，暗诵至此却仍旧忘得一干二净。这件事令觉念愁眉不展，他哀叹着祈求神佛助佑。于是，他梦见了一位仙风道骨的老僧。老僧告诉他："你无论如何也记不住那三行经文是有宿因的。你前世乃是一只衣鱼，曾被困在一卷法华经内，吃掉了那三行经文。即使如此，你前世长住佛经之中，拜此因缘，今生修得人身，得以尽情研读法华等诸经。总之因为你将文字吃掉，所以才无法念诵出口。但念在你诚心

---

① 《法华经》，大乘佛教经典之一，由28品组成，以鸠罗摩什所译《妙法莲华经》流传最广，尤其受天台宗、日莲宗重视。
② 《法华验记》，全称《大日本国法华验记》，日本平安中期的禅宗故事集。相传作者是比叡山的僧人镇源。

悔改，我便助你念出这三行经文吧。"

梦到此就醒了。从那以后，觉念终于能够诵读完整的《法华经》。就是这么一个故事。

*

我之所以对入道觉念的故事深深着迷，是因为这个故事中存在三种相互矛盾的时间：过去、现在与梦境。换言之，我将这桩奇谈视为一个时间性悖论，整理如下：

过去（前世）＝衣鱼＝吃掉经文（记住经文）

现在（今生）＝僧人＝忘记经文

梦＝僧人＋衣鱼＝回想起经文

如果将这个故事的逻辑结构拆解重塑，我会将其改编为一个更加有趣的故事。觉念在梦中与老僧相见，知晓自己的前世后猛然回想起长久遗忘的经文。因为他在梦中变回了一只衣鱼。然而梦醒之后，重返人间的觉念又一次忘却了。梦是被赋予特权的场所，唯有梦里返身为虫时，觉念才能念诵经文。在醒时的世界是绝无可能的。

所谓吃掉经文是以食经文为生，换言之，这个行为本身就意味着记住经文。衣鱼吃掉经文，从而记住了经文。可是它毕竟是一只不通人语的蠹虫，想要发出声音就必须变成人。然而，一旦转生为人，就会丧失前世的记忆。即使在梦中暂时取回了失去的记忆，梦终究是梦，梦中之事无法延续到现实世界。梦中复苏的前世记忆，梦醒时分将再度逝去——我所谓的悖论，即是相互纠葛的前世、今生与梦的三重关系。

这与其说是悖论，或许不如说是恶性循环。总之，说不了人话的衣鱼费尽思量也想转生成能够口诵佛经的人。然而无论变形了多少回，终归只是在衣鱼与人类（念不出经）间循环往复。记住经文与通晓人语，两件事永远无法兼得。衣鱼做到了前者，入道觉念做到了后者。只有身处梦境时或许能同时满足两个条件。不过果真如此的话，存在于此的恐怕既不是衣鱼也不是入道觉念，而是将两者辩证地扬弃后形成的某种怪异的存在。那也许即是破除迷妄的悟境。然而入了此境，我们的故事也就戛然而止了。

晾纸闻鱼声，知书不堪读。

——蓼太[①]

---

① 大岛蓼太（1718—1787），日本江户中期俳人，本名吉川阳乔，师从雪中庵二世吏登，后继任三世。诗风平易轻快，主张回归芭蕉，著有《风雪》《蓼太句集》《芭蕉句解》等。

*

　　《今昔物语集》卷七第二十篇记载了该故事的异文。私以为这一中国故事不比入道觉念的故事有趣，为供读者参阅，以下稍做介绍。

　　震旦的秦郡有座寺庙，名曰东寺，寺中住着一个小沙弥。他精通《法华经》，然而一读到第五品《药草喻品》的"叆叇"二字之处，每每支支吾吾，无论住持教了多少遍，他总是记不住两字的读法。住持叱责道："怪哉，《法华经》的其他部分你早已熟记于心，唯独'叆叇'二字怎么也记不住。"

　　某一夜，住持入睡之际，一个僧人现身于他的梦中，说道："你再怎么责备那个小沙弥也无济于事。他的前世是住在寺东一个村子里的女子。她一心向佛，平日爱读《法华经》，但是这一卷经文中的'叆叇'二字却被衣鱼吃掉了。因此即便现在她转生为沙弥，却依然记不住'叆叇'的读法呀。我所说绝无虚言，如若不信，你大可去那女子家中看看。"

　　翌日清晨，住持前往东村，找到了女子生前的住所。一经询问，家中果然有一部《法华经》。住持展开经卷，正如梦中人所告知，《药草喻品》之部缺少了"叆叇"二字。此家的主人说道："我的妻子很久以前就去世了。她生前常常读这卷经书。"再一打听，女子死于十七年之前，小沙弥今年恰好十七岁。

　　这个故事与入道觉念故事的不同之处在于，首先，一个死去的女人介入衣鱼与人类（小沙弥）之间并且划出一块缓冲地带。梦境起到了相同的作用，然而入梦者并非转生的沙弥本人，而变成了作为代理人的住持。总之，故事结构更加繁复，感染力却明显减弱。我想，如若割舍了人类与衣鱼直接转化的情节，就无法传达这个故事的精髓吧。

　　第二个版本的独到之处在于点明了《法华经》中难以记住的文字"嗳睑"。这在入道觉念的故事中被一笔带过。至于衣鱼为什么吃了"嗳睑"二字、"嗳睑"二字又蕴藏了何种韵味，虽然不乏风趣，但我已经没有探究下去的余裕了。

＊

　　我先前写过：吃掉经文意味着记住经文。最近，我听人讲起一个传说故事，可当作这句话的绝妙注脚，便随手记下。

　　李时珍的《本草纲目》中记载了一则民间传说：衣鱼钻进道教的典籍，将书中的"神仙"二字吞入肚子的话，它的身体就会变为五彩色，人若是吃下这种五彩衣鱼即可得道升仙。唐代的张易之①之子痴迷于成仙的幻梦，他在纸上写满了"神仙"的字样，撕碎后放入一个瓶内，又把衣鱼扔进去，令它只能吃到"神仙"。诸般尝试均以失败告终后，这人疯了。

传说中的张易之之子投机取巧，借人之物图己之利。他在瓶中人工饲养五彩衣鱼，让衣鱼吃掉经文，自己却从不读经，想要独辟捷径一举飞升成仙。不愧为天下第一懒人。不过发疯的情节其实大可不必，至少他的点子充满了天马行空的奇想。其人不也足以成为文学上的典型吗？

想必读者已经发觉，这一桩人工饲育衣鱼的轶闻与《今昔物语集》中的两个故事完全背道而驰。故事的发展方向不再是由衣鱼到人类，而是由人类到衣鱼。因为"吃"等同于"知"，此处则是因"不知"而"吃"。渴望成仙而吞下衣鱼的张易之之子，与吃下"神仙"二字的衣鱼，两者又有多大差别？

可我们焉能知晓，张易之之子不是一只衣鱼呢？

---

① 张易之（？—705），唐时人，容颜俊美，兼治音律。武则天临朝后与其弟张昌宗入侍禁中，受尽恩宠，二人把持朝政。神龙元年唐中宗复辟时被诛杀。

西班牙的画

昭和四十五年（1970年）十月上旬，我从马德里乘坐西班牙人引以为傲的特快列车"Talgo"（类似日本的新干线）经过塞维利亚。随便找了个旅馆歇息一宿后，翌日，我立刻前往塞维利亚慈善医院。我对收藏于此的巴尔德斯·莱亚尔[①]的画作仰慕已久。

　　慈善医院是一幢白色建筑，走进去是一座摩尔人[②]风格的庭院。它建于17世纪中期，令人吃惊的是，直到今天它依然发挥着医院的职能。我在回廊悠然踱步时，朝门内瞥了一眼。明亮素雅的房间内并排摆放着几张床。我赶

---

① 胡安·德·巴尔德斯·莱亚尔（Juan de Valdés Leal，1622—1690），西班牙塞维利亚派画家，作品构图奇特，有浓重的神秘主义色彩，代表作有《虚荣的寓意》《圣母玛利亚的怀胎》等。
② 摩尔人，指中世纪时伊比利亚半岛的穆斯林，为阿拉伯人、西班牙人和柏柏尔人的混血后裔。他们在科尔瓦多、格拉纳达和塞维利亚等城市创立了辉煌的阿拉伯安达卢西亚文明。11世纪起基督徒在阿卡索六世的带领下收复失地，大批摩尔人迁往北非避难并定居。

紧把目光投往别处，以免让人觉得举止失礼。我没有看到
熟睡中的病人，只有一个裹着头巾的年轻修女在里面站着
忙活。这里有可能并不是病房，而是修女们的寝室。这些
年轻修女既然选择远离尘嚣，为何住在这么容易被一般游
客看到的地方？当时我确实看到了摆放着床的房间，这令
我百思不得其解。

　　接着走出来一位戴眼镜的中年修女，颇具威严。她负
责为我们这些参观者讲解美术作品。参观者中除了我与妻
子外，只有一对像是美国人的老夫妇。十年前的旅行记忆
早已模糊不清，但我仍记得昏暗的礼拜堂正面是祭坛，左
右墙壁上各悬挂着两幅牟利罗[1]与巴尔德斯·莱亚尔的画
作。据埃米尔·马勒[2]的《十六世纪末至十八世纪的宗教美
术》所说，牟利罗曾经以"七种善行"为主题创作了七幅
画，都收藏在这座慈善医院内，这也成为当时西班牙基督
教信仰的有力见证。七幅画中有五幅被马德里、英国与俄
国拿走，现在仅存两幅。担任向导的修女仿佛理所当然地
始终围绕着牟利罗讲解，然而我是为了一睹巴尔德斯·莱
亚尔的作品才专程来到此地。

　　左右墙壁上悬挂的巴尔德斯·莱亚尔的两幅作品着

----

[1] 巴托洛梅·埃斯特万·牟利罗（Bartolomé Esteban Murillo，1618—
1682），巴洛克时期西班牙画家，擅长画圣母像，风格静穆温柔，代表作
有《清净受孕》《吃水果的少年》等。
[2] 埃米尔·马勒（Émile Mâle，1862—1954），法国艺术史家，法兰西学
院院士，提倡以图像学方法研究哥特式艺术。

实令人惊叹，难怪与他一同在这座医院进行创作的同时代画家牟利罗会留下"屏息静气才能体会到其中奥妙"的评语。

其中一幅名为《死亡的胜利》。在画中，一具骷髅单脚踩在地球仪上，左手握着一把巨大的镰刀，腋下挟着一口棺材。他伸出右手想要熄灭烛台的火焰，烛台上刻有"in ictu oculi"（眨眼之间）的字样，火焰明显象征着生死无常。骷髅的脚边有教皇的三重冠、权杖、王冠、宝石和书籍等，这些象征着人间最高权力、财富与知识的东西散落一地。画家以巴洛克式的强烈写实主义表现了一个自中世纪以来广为人知的观念：在死亡面前，人间的一切荣耀不过是虚无。

《死亡的胜利》用寓言性的方式来表现寓言性的主题，因此画家的笔触即使再逼真，也不会使观者产生恍如现实的错觉。与《死者的胜利》相反，另一幅作品却真实得令人毛骨悚然。

画中的卷轴上写有铭文"Finis gloriae mundi"，因此这幅作品通常被称作《世界荣光的终结》。牟利罗所谓"屏息静气才能体会到其中奥妙"的作品正是指这幅画。在阴森晦暗的墓穴中停放着三口无盖的棺材。最靠前的棺材中装殓着一具头戴主教冠、手持权杖的尸体，他是塞维利亚大主教，尸身已经严重腐坏，从溃烂血肉中露出的白骨历历可见。第二口棺材里横躺着一个被斗篷裹住的黑发男人，斗篷上绘有代表卡拉特拉瓦骑士团①的红十字，他刚死去不久，尸体开始膨胀，出现腐烂的最初迹象，其脸颊尚带血色，也许是由于腐败导致淤血凝结。无论大主教还是骑士的尸体上都爬满了数不尽的蛆虫。第三口棺材在稍远处，隐约可以看见，棺中人已经只剩森森白骨。这幅画用细腻的写实技法描绘了一个古老的宗教主题——尸体的腐烂变化。恐怕再没有作品能将这凄惨景象表现得如此逼真骇人。

礼拜堂内灯光昏暗，加之巴尔德斯·莱亚尔的作品色调本就阴郁晦暗，我不得不凑近墙壁去观赏它。修女的解说早已成了耳旁风。

凝视着这幅《世界荣光的终结》，我想到了布努埃尔②导演的《黄金时代》中的著名一幕。电影的开头，耀眼的阳光照在海边的荒凉岩山之上，一伙戴着主教帽子的马约里卡人顷刻间变成了骸骨。不用说，在布努埃尔的电影镜头下明亮矿石风景中上演的白日幻象与昏暗的墓穴大异其趣，可是一瞬间，我深感西班牙的巴洛克传统仍然流淌在二十世纪电影导演的血脉中。

后来又发生了一件事，顺带也写在这里吧。

---

① 卡拉特拉瓦骑士团（The Order of Calatrava），中世纪时成立于西班牙的宗教性军事组织。创立者是西多会会士，目的是保卫卡拉特拉瓦城和反抗摩尔人。其标志是著名的卡拉特拉瓦十字架，由骑士的剑与牧师的十字架构成。

② 路易斯·布努埃尔（Luis Buñuel Portolés，1900—1983），西班牙电影导演，代表作有《一条安达鲁狗》《白日美人》《朦胧的欲望》等。

　　昭和四十八年（1973 年）的深秋，我在琵琶湖畔的圣众来迎寺有幸亲眼得见十五幅六道绘^①之一的《人道不净相》，是关于小野小町^②的变相图^③。此画与巴尔德斯·莱亚尔的《世界荣光的终结》一样，细致描摹了腐烂得露出骨头的尸体上白蛆成群的景象。站在书院的走廊上，眼前是风光明丽的名园，听着白髯住持娓娓道来，我回想起塞维利亚的慈善医院，不禁感慨无论东西，人都难以摆脱被蛆虫啃噬的命运。

　　我不想再喋喋不休自己对巴尔德斯·莱亚尔作品的印象了。况且我本来就不喜欢将对绘画或是音乐的内心感受与他人分享。与其如此，倒不如谈论诸如绘画的技法、音乐的旋律等画之为画、曲之为曲的外部条件更令人愉快。如果语言之网真能捕捉到内心的感受——哪怕只是一丝一毫，人类还会有什么不满足呢？然而感动是无法把握的，因为它绝对无法化作语言。

　　世人总是做作地写下自己在画前深受感动，以至于动弹不得或是头痛欲裂。我始终无法相信这种仿佛尚未脱离蒙昧的言辞。倘若有人这么说，我会顿觉扫兴，只好说些

---

① 六道绘，又称六道图，描绘佛教六道轮回的绘画。起源于印度，平安中期随着净土宗兴起而盛行。
② 小野小町，平安时代的女歌人，六歌仙、三十六歌仙之一，风格纤细优艳，其作品 62 首收入《古今和歌集》。相传为绝代佳人，成为美人的代称。
③ 变相图，指用绘画、雕刻等艺术方式记录佛教故事、经文或描绘地狱及净土的画面。

"哎——是吗"支吾搪塞过去。与其写下满纸自我感动的废话，不如保持沉默。

参观美术馆的时候，很少有人像我一样步履匆匆地接连从一幅画走向另一幅画。或许是我的性格天生警戒着过度感动吧，才会看得如此走马观花。然而，当我走过安达卢西亚的许多城镇，参观苏巴朗①、卡斯蒂略②、洛拉斯③、牟利罗以及巴尔德斯·莱亚尔等塞维利亚画派画家的作品时，依然深受感染。我也特别喜爱不属于塞维利亚画派的里贝拉④。他偏爱褐色，那充满男性气质的画作让我印象深刻。苏巴朗与委拉斯开兹⑤笔下的黑色背景亦散发着将观者诱入画中的魅力。依我所见，黑色、褐色与酒红色三者构成了西班牙巴洛克绘画的基调。

走出美术馆你会发现，西班牙的大街小巷都沐浴在光

---

① 弗朗西斯科·德·苏巴朗（Francisco de Zurbarán，1598—1664），西班牙画家，对明暗对照法的娴熟运用为他赢得"西班牙的卡拉瓦乔"的声誉，代表作有《圣塞拉庇昂》《十字架上的基督》等。

② 胡安·德·卡斯蒂略（Juan del Castillo，1590—1657），西班牙画家，创作了大量宗教题材的壁画与油画，牟利罗与莱亚尔均是他的学生，代表作为《圣母升天》。

③ 胡安·德·洛拉斯（Juan del Loras，1570—1625），巴洛克时期画家，出生于佛兰德斯，一生在西班牙度过，代表作为《圣灵受孕的寓言》。

④ 何塞·德·里贝拉（Jusepe de Ribera，1591—1652），西班牙画家，在那不勒斯从事创作，作品明暗对比强烈，画风追求现实主义。代表作有《雅各的梯子》《圣巴多勒米殉难》等。

⑤ 迭戈·罗德里格斯·德席尔瓦·委拉斯开兹（Diego Rodríguez de Silva y Velázquez，1599—1660），西班牙画家，以卓绝的写实性和格调高雅的画风而著称，对后世画家影响巨大。代表作有《宫娥》《镜前的维纳斯》《教皇英诺森十世像》等。

与影的对立之中。这诚然是一个不可思议的国度。

　　一只手提购物篮、另一只手用力挥舞的中年女人从马路对面快步走来，边走还边大声吆喝着意义不明的话。这惹得行人们纷纷驻足，饶有兴趣地给她让出道路，打量着她滑稽的姿态。但是女人似乎根本没把其他人放在眼里，大摇大摆地走过去。我怀着猜字谜一样的心情，茫然地目送她的背影远去。

　　我乘坐火车从塞维利亚前往科尔多瓦。车厢内混乱拥挤，好不容易才找到座位。这时，一个拄着白手杖的盲人忽然上了车，站在我的面前。我慌忙起身，想要把位置让给他，然而男人完全无视了我。他是来卖彩票的。还有什么事情能比给卖彩票的人让座更荒唐呢？

　　在巴塞罗那的僻静小巷，当我举起相机时，有的少女会摆好姿势，嫣然一笑；也有坏心眼的少女会故作高傲地扭过头去。

*

　　我之所以回忆起十年前造访的塞维利亚慈善医院之事，是因为今年拜读了井上究一郎的著作《伽利玛①之

---

① 加斯东·伽里玛（Gaston Gallimard，1881—1975），法国出版家，1908年与纪德创办《新法兰西评论》，1919年创建了著名的伽里玛出版社，主要出版20世纪法国作家的作品。

家》。至于这本书如何有趣，且按下不表，令我在意的是井上氏提及蒙泰朗[1]在战时创作的一篇随笔《天秤与蛆虫》，蒙泰朗在这篇文章中探讨了巴尔德斯·莱亚尔的《世界荣光的终结》。借用井上氏的话说，这篇奇妙的随笔是篇"充满谜题的文章"。

根据井上氏的指教，我从书架上拿下一本七星丛书版的《随笔集》，翻到蒙泰朗的那篇文章念了起来。其实，我近来对这位自杀的作家很感兴趣，他的文体充满贵族情调，戏剧《马拉泰斯塔》尤其让我爱不释手。我与蒙泰朗在口味上有些许相近，里米尼的雇佣军首领西吉斯蒙多·马拉泰斯塔[2]也是我喜欢的历史人物。

《天秤与蛆虫》篇幅仅仅五页却妙趣横生。蒙泰朗将《世界荣光的终结》分为上下部分，上面是天秤，下面是蛆虫，作为两种象征存在。行文至此，我只描述了下半部分的尸体与蛆虫，接下来该谈谈高高在上的天秤了。比起蛆虫，蒙泰朗也更侧重于天秤。

巴尔德斯·莱亚尔在《世界荣光的终结》画面中心以下的部分画了墓穴中的三口棺材与腐烂的尸体，而在中心之上，却是另外一番景象。从拱形的画面顶部伸下来基

---

[1] 亨利·德·蒙泰朗（Henry de Montherlant，1895—1972），法国小说家、剧作家，法兰西学院院士，著有小说《少女们》《斗牛士》等，作品贯穿着极端蔑视人类的思想，描绘人类无可挽救的状况，1972年自杀。
[2] 西吉斯蒙多·潘多尔弗·马拉泰斯塔（Sigismondo Pandolfo Malatesta，1417—1468），出身于意大利的显赫家族，是里米尼及切塞纳的领主。

督一只刻有圣痕的手，手中提着一架天秤。蒙泰朗说，这只手颇显可疑，丰满圆润得像女人的手，即使圣痕清晰可见，也让人无法当作基督的手。不过，我们暂且就当作是基督的手吧。

半空中的天秤悬在基督手上，右边的托盘盛放着美德的象征，左边的托盘盛放着恶行的象征，从而保持着完美的平衡。美德的象征物有鞭与锁、圣经、穷人的面包、施舍的钱袋以及耶稣燃烧的心；恶行的象征是公山羊（淫荡）、猪（暴怒）、孔雀（虚荣）、黄鼬（某种象征）和露出尖牙的幼犬（卑劣与庸俗中的不耐烦）。除了蒙泰朗所列举的这些，我们还能看到，左边的托盘里有一颗被蝙蝠抓着的心脏。两个托盘的重量完全相等，左边托盘上写着"Ni mas（不多）"，右边托盘上写着"Ni menos（不少）"。

有趣的是，在画面左侧的黑暗深处藏着一只小猫头鹰，它一动不动地窥视着我们，表情迷惑不解，仿佛在发问："这究竟是什么意思？"

蒙泰朗如何阐释这幅谜一般的画？以下引用井上究一郎简明扼要的文章：

　　蒙泰朗认为这幅画的寓意与世俗的理解截然相反。他背离了天主教的常识和共识，站在超越道德的立场上做出解释。蛆虫啃噬了主教，也啃噬了唐璜（骑士）。美德与罪恶保持平衡，两者的人生是等价的，这才是唯一的神圣真实。可以说，这幅画否定了天主教教义。

　　蒙泰朗的解释似乎可以用"虚无主义"一词概括。不过，他提出了一个独特的词汇——秋分。如同秋分之日的白昼与黑夜是等长的，某种事物与它的对立物之间保持等价、均势，这一理念令蒙泰朗陶醉不已。他经常喜欢置身于二选一的紧迫局面，因为知道这两者都无关紧要。因此，即使他肆意践踏天主教也无须惊讶。巴尔德斯·莱亚尔笔下神秘的天秤无疑是蒙泰朗脑中狂热观念的完美投影。蒙泰朗本人也意识到这一点，称"这幅画是我的画"，左右等重的天秤就是"我的一生与我的作品之标志"。

　　那么，悬着天秤的手自然也就不是基督的手。蒙泰朗写道：

　　　　我们一直怀疑，这只提着天秤的手绝非基督的手，而是一经水洗圣痕就会消失的赝品。实际上，这只手并没有假扮成耶稣的手，而是一只从遥远时代伸来的神秘之手。

　　蒙泰朗继而联想到基督教之前的古代异教的二元论，这是其主张的核心部分，以下再稍加引用：

伟大的艺术作品都存在表里两面。科克托说："一切作品都诞生自秘密的告白、算计、傲慢的玩笑、奇妙的谜语。譬如那两位著名的隐士列奥纳多①与华托②，当这两人一直秘而不宣的作品公之于众时，立刻就会在社会公众中引发轰动。'然而，意大利式的夸张癖、剽窃了所有绘画的画作、确凿的娼妇抹大拉的马利亚③、无疑的男妓圣塞巴斯蒂安④、里米尼的马拉泰斯塔家族教会的累累恶行，在慈善医院那幅阴险的画作面前，一律是小巫见大巫。它公然在基督教场所陈列了三百年，并且从外观上看任谁都会认定它属于基督教的作品。这可是前所未有地狠狠扇了基督耶稣一记耳光。

此处提到的"里米尼的马拉泰斯塔家族教会"，是指饱受非议的马拉泰斯塔教堂。当时的教皇庇护二世⑤

① 列奥纳多·达·芬奇（Leonardo da Vinci，1452—1519），意大利文艺复兴时期的艺术家，在诸多领域留下显著成就，代表作有《蒙娜丽莎》《最后的晚餐》等。
② 让·安东尼·华托（Jean-Antoine Watteau，1684—1721），法国洛可可时代的画家，深受威尼斯画派与鲁本斯的影响，作品多描绘贵族生活，充满喜剧色彩，代表作有《舟发西苔岛》《小丑》等。
③ 抹大拉的马利亚（Saint Mary Magdalene），《圣经新约》中的人物，耶稣的女追随者，被天主教封为圣人。
④ 圣塞巴斯蒂安（Sebastian，256—288），古罗马禁卫军队长，天主教圣徒，在教难时期被罗马皇帝戴克里先下令乱箭射死。圣塞巴斯蒂安殉难是西方绘画中的重要题材。
⑤ 庇护二世（Pius PP II，1405—1464），罗马教皇，同时是一位人文主义者、诗人、历史学家。

谴责它"被异教侵蚀，比起基督教教会，更像是异教徒进行恶魔礼拜的寺院"。该教堂由阿尔伯蒂[①]与阿戈斯蒂诺·迪·杜乔[②]设计，内部是委托人西吉斯蒙多的爱女伊丝塔的坟墓。西吉斯蒙多在异端审判中幸免于难的轶事还是留待日后再述吧。

如果真如蒙泰朗声称的那样，《世界荣光的终结》是一幅暗藏反天主教精神的阴险作品，那么执笔者巴尔德斯·莱亚尔就成了一个反天主教的画家。抑或是，巴尔德斯·莱亚尔不过是一介匠人，向他提出委托的卡拉特拉瓦骑士才是反基督者。由于史料的匮乏，我无法断言这个猜想是否正确，除了信马由缰地推理之外别无他法。

安德烈·布勒东[③]在《魔法的艺术》中将巴尔德斯·莱亚尔这幅"乍看之下毫无疑问是正统"的作品视为"炼金术的杰作"。炼金术赋予"腐烂"以特殊的意义，所谓的"腐烂"对应了炼造贤者之石时的"黑色"阶段。为了使石头变成白色并使灵力苏醒，这一阶段是不可或缺的。因此，这幅作品表现了"普遍性腐烂的耀眼的固化"。与蒙泰朗不同之处在于，布勒东的阐释更侧重于蛆虫一方。两

---

① 莱昂·巴蒂斯塔·阿尔伯蒂（Leon Battista Alberti, 1404—1472），意大利建筑师、诗人、艺术理论家，主要建筑作品有佛罗伦萨的鲁奇拉宅邸、新玛利亚教堂等。

② 阿戈斯蒂诺·迪·杜乔（Agostino di Duccio, 1418—1481），意大利雕塑家，创作马拉泰斯塔教堂的外部浮雕，风格独特。

③ 安德烈·布勒东（André Breton, 1896—1966），法国作家、诗人，超现实主义的创始人，发表了著名的《超现实主义宣言》。

人不谋而合地将这幅画的内涵定义为反天主教。

另外，美术评论家恩里克·卡斯特利也曾剖析过这幅作品。他在评论集《印象与象征》中认为左右平衡的天秤是帕斯卡赌注[1]的另一种表述："救世主的手意味着基督的赎罪再次确立起平衡，从此选择权交由人类的意志。"画面的顶端有光芒普照，这道光是上帝的恩宠，为人类派去了十字架的牺牲者，将选择的自由赐予人类。从这种角度看来，巴尔德斯·莱亚尔的画表现的是"选择的寓意"。这种论调与蒙泰朗背道而驰，属于忠实于天主教正统信仰的解释。

先前提到，画面左侧的深处有一只眼睛发光的小猫头鹰，它又象征了什么？似乎是恶魔。因为以波希[2]为首的中世纪画家多将猫头鹰作为恶魔的象征。这种手法暗合蒙泰朗的心意，他引以佐证自己的观点："这只小猫头鹰的脸，就是艺术家本人或者是启迪了艺术家灵感之人的署名。"描绘了这幅画的谜样人物，似乎始终在猫头鹰的假面后用充满恶意与嘲笑的目光注视着我们。

---

① 帕斯卡赌注，由法国哲学家帕斯卡在《思想录》提出的一种基督教神学论述。即假定所有人类对上帝是否存在下注，如果上帝存在，信徒与无神论者会分别得到无限的收益或损失；如果上帝不存在，信徒只会受到有限的损失，比如无法满足某些欲望。因此，每个具有理性的人都应该相信上帝确实存在。

② 耶罗尼米斯·波希（Hieronymus Bosch，1452—1516），荷兰画家。他的作品构图复杂、意象晦涩，出现大量恶魔、异兽与机械等晦涩的象征符号。代表作有《人间乐园》。

*

终于到了揭开谜底的时候了，至此我一直刻意避免提到命令巴尔德斯·莱亚尔画下杰作《世界荣光的终结》之人的名字。这究竟是一个什么样的人呢？

1671 年至 1674 年间耗资在塞维利亚修建慈善医院、委托牟利罗与巴尔德斯·莱亚尔设计圣堂装饰的幕后人物是一个卡拉特拉瓦骑士，名叫堂·米格尔·德·马纳拉。《世界荣光的终结》前景中被斗篷包裹着、不断腐烂膨胀的丑陋尸体即是马纳拉本人。他在死前，命令画家将自己尸体的腐烂过程描摹下来。

还有一个使米格尔·德·马纳拉家喻户晓的理由是，他被认为是蒂尔索·德·莫利纳[①]创造的文学人物"唐璜"的原型。实际上，马纳拉于 1627 年 3 月 3 日在塞维利亚出生，根本不可能被蒂尔索写进 1625 年左右演出的戏剧。然而不知从何时起，他是唐璜原型的谣言在欧洲大陆广为流传。

马纳拉的生涯与事迹见于耶稣会神父胡安·德·卡尔德纳斯的《堂·米格尔·德·马纳拉的死亡、生活与德行》。据桥本一郎的《堂·胡安的传说》描述，少年马纳拉生性残忍，他经常把在池中戏水的天鹅抓来紧紧掐住脖

---

① 蒂尔索·德·莫利纳（Tirso de Molina，1584—1648），西班牙剧作家，塑造了好色放荡的典型人物唐璜，著有《塞维利亚的诱惑者》。

子，为天鹅痛苦挣扎的模样而沉醉不已。长大后，他的虐待对象变成了女性。他曾毫无人性地对老妇施暴，也曾为了抢走修女，用一把大火将修道院变成废墟。他仿佛是从萨德侯爵[①]的小说中走出来的人物。在一个暴风雨的夜晚，这个色情狂忽然感受到上帝的启示，从此改邪归正。据说他像往常一样走出某个女人的家，踏上归途时，在漆黑的小路上遇见了一列送葬的队伍。他一打听，出人意料的是，这竟然是他自己的葬礼。想必很多读者已经恍然大悟，这个鬼魅气息四溢的故事被梅里美[②]写成了短篇小说《炼狱的灵魂》。

从此以后，米格尔·德·马纳拉幡然醒悟，一改昔日的放荡生活。投身信仰的他不惜倾尽家财建立了一所慈善医院，聘请画家们设计装饰教堂。他死于 1679 年。他的前半生有多么荒淫无耻，他圣徒般的后半生就有多么纯洁无瑕。马纳拉虽然生于塞维利亚，但祖先似乎是科西嘉人。他的原名叫作米格尔·德·莱卡·伊·科伦纳·伊·马纳拉·伊·维森特洛。

蒙泰朗认为浪荡子马纳拉皈依基督教的传说实乃耶稣

---

① 纳蒂安·阿尔丰斯·弗朗索瓦·德·萨德（Donatien Alphonse François Sade，1740—1814），法国色情文学作家，描写性虐待心理，敢于批判传统宗教，尖锐地披露人类的阴暗面，代表作有《朱斯蒂娜或美德的厄运》《朱丽埃特或恶德的荣光》等。

② 普罗斯佩·梅里美（Prosper Mérimée，1803—1870），法国现实主义作家，用冷峻简洁的问题描述命运与激情，代表作有《卡门》《高龙巴》等。

会僧侣们的虚构，他们热心地在民众中散发马纳拉撰写的
忏悔录性质的小册子《论真理》。因此，唐璜逐渐变成了
圣人。由于故事的出演者是浪子唐璜，所以其后半生的圣
徒传说尤为引人瞩目。

　　米格尔·德·马纳拉的真实面目究竟是什么呢？是圣
人还是唐璜？是怀抱虔诚信仰的教徒还是嬉笑怒骂的反基
督者？是戴着面具的恶魔主义者还是炼金术士？因为没有
明确的资料记载，寻找真相的我们始终如坠雾中。不过，
在天才的巴尔德斯·莱亚尔协助之下，他确实将自己最大
的谜留给了这个世界。

　　巴尔德斯·莱亚尔和牟利罗都曾经画过米格
尔·德·马纳拉的肖像。我在约克市立美术馆看过巴尔德
斯·莱亚尔那幅肖像的复制品，只觉得索然无味。据说写
下了著名的《唐璜与唐璜主义》的格列高利·马拉尼翁 [①]
看过牟利罗那幅肖像画后，说画中的马纳拉长着一张"少
女般魅惑的脸"。遗憾的是我还未曾见过这幅画，也不知
它收藏在何处的美术馆中。若有机会的话真想一睹为快。
拥有少女相貌的恶魔主义者，听起来不是很让人心旌摇
曳吗？

---

① 格列高利·马拉尼翁（Gregorio Marañón，1887—1960），西班牙医学
家、文学评论家，从心理主义出发对唐璜、埃尔·格列柯作出犀利的评
论。

拉丁诗人与蜜蜂

希多尼乌斯·阿波黎纳里斯是高卢人。公元431年11月5日，他出生于卢格杜努姆，即后日的里昂。其时为高卢－罗马时代的末期，高卢在罗马文化的熏陶下度过了五百年，早已不是恺撒时代未开化的野蛮之地。希多尼乌斯家世显赫，他的父亲与祖父都曾出任过地方行政官，因此从孩提时代起，罗马帝国的权力对他来说触手可及，尽管这时帝国的权力已经只剩空壳。他有机会亲自参与庄严豪奢的仪式祭典，接受语法与修辞学的教育——在里昂和阿尔，教育只对特权阶级的子弟开放门户。在希多尼乌斯出生的二十多年前，哲罗姆① 完成了《通俗拉丁文本圣经》的翻译。按理说他该对《圣经》倍感亲近，然而

---

① 哲罗姆（Saint Jerome，约342—420），又译希罗尼穆斯，早期基督教拉丁教父，拥护正统信仰和禁欲主义，完成了教会公认译本的《通俗拉丁文本圣经》。

他对于拉丁文学的狂热让人无法相信他会以同样的热情阅读圣经。

二十岁的希多尼乌斯完成学业后，必须迎娶阿尔维尼（今奥弗涅）出身的元老院议员埃帕鲁基乌斯·阿维图斯①的女儿帕庇阿妮娅。这桩婚事给他带来了始料不及的好运。因为他的岳父阿维图斯凭借高超的政治手腕在仕途上一帆风顺，从高卢军队的统帅升任总督不久，在西哥特国王狄奥多里克二世的扶持下登上了罗马帝国的皇帝宝座，可谓享尽人间的荣耀。年轻的希多尼乌斯随岳父一同赶赴罗马，奉命撰写赞美新帝功绩的颂诗。这是他成为宫廷御用颂诗诗人的开端。此后他将不得不俯身为马约里安②、安特米乌斯③等三任罗马皇帝歌功颂德。这也许并非出自他的本意。无论算不算阿谀奉承，他选择了明哲保身是无疑

---

① 埃帕鲁基乌斯·阿维图斯（Eparchius Avitus，385—456），西罗马帝国皇帝，出身高卢贵族。汪达尔人攻陷罗马后杀死马克西穆斯皇帝，阿维图斯在西哥特人的支持下入主罗马。然而尚不到一年，他被军队将领里西默逼迫退位，死于逃亡途中。

② 马约里安（Iulius Valerius Maiorianus，420—461），西罗马帝国皇帝，被旧友里西默拥立为帝，在位期间试图重振分崩离析的帝国。马约里安的内政改革引发帝国官员不满，加之对汪达尔战争失利，里西默发动兵变迫使他退位。五天后他遭到杀害。

③ 安特米乌斯（Procopius Anthemius，420—472），西罗马帝国皇帝，出身君士坦丁堡。苦于汪达尔人攻掠的里西默向东罗马帝国皇帝利奥一世求援，接受由君士坦丁堡指定的皇帝。安特米乌斯的继位短暂弥合了各方军阀关系，然而远征汪达尔的惨败导致他的统治陷入危机。472年，里西默率军攻打罗马，安特米乌斯兵败被杀。

的事实，因此吉本①等历史学家都指责他有失气节。

　　然而，与罗马皇帝女儿的婚姻彻底改变了年轻的希多尼乌斯后来的人生。他用妻子的嫁妆钱在克莱蒙费朗以南不远的阿维塔库姆湖畔置办了一幢别墅。从奥弗涅火山流淌而来的岩浆积蓄在谷地中，形成了约六十公顷的美丽的艾达湖（阿维塔库姆是艾达的旧名）。他的岳父在成为皇帝前一直在此地隐居，悠闲度日。继承了湖畔别墅的希多尼乌斯非常中意这个住所，他在诗中不无炫耀地提起这处庄园。希多尼乌斯的作品以诗（不如称作韵文或歌章更为恰当）与书信为主，颂诗与短诗共有二十四篇，其中第十八首名为《别墅浴室》。篇幅短小故而引用如下：

> 如果你来到阿维塔库姆，愿你像回到了家，
> 如同深爱自己的土地一样爱它。
> 在这里，浴室的天顶仿如巴亚的圆锥般高耸，
> 庄严的尖顶闪烁光华。
> 从不远处的山丘流淌来潺潺溪水，
> 比伽乌鲁斯山的涓流更悦人耳目。
> 若是知道这座湖的辽阔，
> 坎帕尼亚的卢克林湖也会羞愧地低下头颅。
> 紫色的海胆妆点坎帕尼亚的海岸线，

---

① 爱德华·吉本（Edward Gibbon，1737—1794），英国历史学家，著有六卷本《罗马帝国衰亡史》。

湖中的鱼却兼备了海胆的两重性质。

如果你有心在此生活，快与我一起

重温巴亚昔日的风华。

从他写给朋友、语法学家多米提乌斯的信中，我们得知希多尼乌斯的别墅浴室的屋顶似乎是圆锥形的。这首诗中，他将浴室天顶比作"巴亚的圆锥"，实是暗中以维苏威火山自比。他其实在暗示，即使在阿维塔库姆湖看不见巴亚的维苏威火山，但却有可与之媲美的圆锥体。不妨试想一下，某人向住在箱根别墅里的朋友夸耀："我这里虽然没有富士山也没有芦之湖，却有更美妙的风景喔。"这首诗即是如此。在坎帕尼亚地区的巴亚附近，那不勒斯湾的美丽海岸是罗马的富裕阶级最喜欢的度假胜地，自古以来这里就建造了数不胜数的别墅。诗中出现的伽乌鲁斯山是坎帕尼亚境内的一座火山，卢克林湖是离巴亚海岸不远的一座小湖。

顺带一提，在拉丁作家中只有希多尼乌斯用"巴亚的圆锥"来隐喻维苏威火山。

第十行出现的"海胆的两重性质"是指什么？这有点令人费解。希多尼乌斯研究者安德烈·鲁瓦扬认为这句话的含意是，在艾达湖捕获的虹鳟鱼长有像海胆刺那么锐利的骨头，而且它们的肉呈现紫色。确实，这个推测合情合理，可我眼前却总浮现出作者露出狡黠微笑的脸庞。这句话或许仅仅是为了修辞的修辞。贺拉斯①的诗中也曾写过，海胆是在那不勒斯湾的米塞努能捕获到的最上等的美味珍馐，所以希多尼乌斯才针锋相对地强调艾达湖的物产绝不逊色于那不勒斯湾。

诗集的第十九首短诗名为《阿维塔库姆的冷水浴池》，译文如下：

> 热水浴毕后再下冷水池，
> 泡胀的皮肤一触寒气骤然紧致。
> 只有身体浸入水中，
> 眼睛却在我们的湖上漂游。

据说在希多尼乌斯别墅的冷水浴池可以一边泡澡一边眺望艾达湖。小普林尼②在罗马近郊的拉维尼姆拥有一处别墅，他也曾在信中炫耀在自家浴池中一边戏水一边远眺大海。这有可能是罗马帝国早期流行的享乐方式，随着时间的推移，这股潮流才普及到遥远的高卢。这首诗也没什么高明之处，只是作者本人对"身体浸入水中，眼睛浮于

---

① 昆图斯·贺拉斯·弗拉库斯（Quintus Horatius Flaccus，前65—前8），古罗马抒情诗人，其诗格调高雅，技法完美，对后世西欧文学影响极大，著有《诗艺》《歌集》《书札》等。
② 盖乌斯·普林尼·塞西希尤斯·塞孔都斯（Gaius Plinius Caecilius Secundus，62—114），世称小普林尼，古罗马政治家、作家，老普林尼的外甥及养子。他留下了许多书信，成为研究罗马历史的珍贵资料。

湖上”的对比沾沾自喜而已。难免会使人觉得是为了修辞而修辞。

前述那封写给多米提乌斯的信（《书信集》第二卷第二篇）中，提到希多尼乌斯在别墅内修筑了三个浴室。第一个是冷水浴池，是最宽敞的浴室，筑有圆锥形的屋顶；第二个是蒸气室或叫热浴室，浴室的墙壁里埋入铅管，其中不间断有热水循环，室内附有一个半圆形的浴缸。希多尼乌斯写道：“这个房间的窗户很大，室内格外明亮，赤身裸体进去的话未免有几分害臊。”第三个是涂油室，专供出浴后在身体上涂抹香油。另外还有一座露天浴池，引山丘流下的泉水而建成，能够在洗浴中俯瞰艾达湖的正是此处。在蛮族肆虐、欧洲文明彻底停滞不前的五世纪后期，还能在奢侈的别墅中享受纸醉金迷生活的人，可谓少之又少。

*

当下，“黑暗的中世纪”这种说法已经过时。近来的研究倾向于从中世纪发现文艺复兴，譬如加洛林文艺复兴与十二世纪文艺复兴等。然而位于古代与中世纪交界线上的五世纪后期，恐怕是一个无可置疑的黑暗时代。“黑暗”原本也只是形容古典时代文化传统的暂时失落，然而对于席卷了欧洲的日耳曼诸王来说，这些本就一文不值。因此，将古典文化的没落单单归咎于日耳曼人的入侵显然有些不合情理。

"在五世纪的后半，可怖的动乱致使地轴倾斜，这是一个令人战栗的时代。"于斯曼在《逆流》中如是写道："蛮族劫掠了高卢，罗马除了袖手旁观已经别无他法。衰落的罗马甚至不知道西哥特人侵占了多少国土。帝国的头脑仿佛已经冻结。它自身分裂成了西罗马帝国与东罗马帝国，两者间不断上演以血还血的斗争，日复一日的内斗消耗了帝国最后的精力。"他简明扼要地指出，罗马内部也在自我解体。

希多尼乌斯·阿波黎纳里斯就生活在这样一个时代。不妨再引述于斯曼的话："西罗马帝国在内忧外患中崩溃了。苟延残喘的帝国终于在愚行和丑行中死去了。人们普遍相信世界末日即将来临。在侥幸没有被阿提拉践踏的城镇中，大量的人死于饥饿与黑死病。拉丁语也随这荒废的世界一同沉入坟墓。"

如果为希多尼乌斯辩护的话，他的生活并非只是在阿维塔库姆别墅的浴室里泡澡，或是在狩猎垂钓中消磨时光。倘若认为他是个单纯的享乐家也有失公允。他究竟抱有几分守护濒死的古典文化与拉丁语的念头，对此我们暂且存疑。至少知识渊博、拥有良好古典教养的他一定不会割舍在小贵族圈子中享受高雅文学的生活。现实世界越加荒芜没落，他越想紧闭双眼，躲进孤立自闭的精神世界。

日耳曼人的入侵反而助长了这种趋势，提心吊胆的高卢贵族们沉湎于古代经典、执着于文学游戏乃至于变本加厉地粉饰太平。"红旗征戎非吾事"的观念越来越流行。不知是否因为这个理由，希多尼乌斯笔下过度雕琢的拉丁语被认为是脱离现实，故弄玄虚，仅供作者自娱自乐的玩物。鲁比扬称其为"灵魂的矫饰（装模作样者）"，这一比喻性评语也像谜语般晦涩。

　　最能精准地阐释希多尼乌斯文学之人当属《逆流》的主人公德塞森特。实际上，也是在德塞森特的指引下，我才走近了这位五世纪的矫饰主义①诗人。这里请务必允许我引用《逆流》中的一段：

　　　　或许他是流行于整个中世纪的寓意诗的鼻祖。德塞森特对普鲁登修斯②的书简《灵魂之战》爱不释手，深深着迷于机智的讽刺、妙趣的古语以及大量谜语般的表述。希多尼乌斯·阿波黎纳里斯的众多作品是他的最爱。这位主教为了使颂词充满虚饰，不惜在文章中援引异教诸神，这使得德塞森特乐此不疲地反

————————

① 矫饰主义（Mannerism），又称风格主义，十六世纪流行于欧洲的绘画、雕塑、建筑艺术风格，摒弃对称比例的和谐构图，强调扭曲的构图、夸张的修饰与非理性的透视法。
② 普鲁登修斯·克莱曼斯（Aurelius Prudentius Clemens，348—405），罗马帝国晚期诗人，早年研究修辞学，后从事文学创作，作品以基督教思想为中心，长于抒情。代表作有《十二时咏》《殉教者颂》等。

复阅读这些著作。无论如何，这位诗人仿佛是个熟练的机械师，谨慎地操纵着机器，不忘给齿轮上油，必要时准备用机器制造出一些复杂而无用的东西。这些诗中的矫揉造作与富于暗示性的表现，无法不令他为之倾倒。

诸位不觉得"机械师"是一个奇妙的比喻吗？"复杂而无用的东西"更是一语中的。我非常理解德塞森特深陷其中时的心情。

希多尼乌斯于公元 471 年被选为奥弗涅地区的主教，死后被追封为圣徒。在此之前，他与基督教毫无瓜葛，主要寄情于小普林尼、叙马库斯①、斯塔提乌斯②、克劳狄安③等罗马帝国颓废期的异教文学。为什么他摇身一变成了圣职者呢？除了明哲保身外似乎没有其他理由。他担任主教的 471 年，西哥特国王尤里克率军入侵高卢。在日耳曼人的压迫面前，教会是唯一的避难所。成为主教的同时，希多尼乌斯不得不放弃深爱的诗，与妻子诀别。从此以后，他只创作过墓志铭与教会的碑铭。

① 昆图斯·奥勒利乌斯·叙马库斯（Quintus Aurelius Symmachus，345—402），罗马政治家、演讲家、文学家，曾任北非总督，留下九卷书信集。
② 斯塔提乌斯（Statius，40—96），古罗马诗人，著有长篇史诗《忒拜战记》《阿喀琉斯纪》。
③ 克劳狄安，4 世纪的罗马宫廷诗人，擅写讽喻警句，被视为古典传统的最后一位诗人。

不过，希多尼乌斯对待现实的态度也不是一味消极，他成为主教之后，曾组织过对西哥特人的抵抗运动，不可谓不勇敢。他残留至今的诗与书信是五世纪的珍贵史料，记载了关于西哥特人、法兰克人、勃艮第人、撒克逊人、西康伯尔人等日耳曼部族的观察，而且还有令整个欧洲战栗的匈奴人的相关记录。吉本、亨利·皮雷纳①、库尔提乌斯②、皮埃尔·库塞尔③纷纷引用他，对于想要描绘五世纪社会文化的历史学家与文化史研究者而言，希多尼乌斯的作品至今仍是必不可少的参考。正如定家卿④传世的《明月记》⑤，希多尼乌斯也留下了属于他的《明月记》。

在主教堂所在的克勒芒，希多尼乌斯被迫与野蛮的勃艮第人共处，他有多厌恶蛮族，只消看他的书信就一目了然。或许这么比较不太妥当，这种情况正如我们战败后看到在东京街头为所欲为的美国人时的心情。而且他作为主

---

① 亨利·皮雷纳（Henri Pirenne，1862—1935），比利时历史学家，用法语写作了多卷本比利时的历史，著有《中世纪的城市》。

② 恩斯特·R·库尔提乌斯（Ernst Robert Curtius，1886—1956），德国语言学家、文学批评家，运用渊博的学识追求自古典到现代的欧洲精神，著有《欧洲文学与拉丁中世纪》《法国文化论》等。

③ 皮埃尔·库塞尔（Pierre Courcelle，1759—1834），法国历史学家、谱系学家，著有《文学与日耳曼入侵》等。

④ 藤原定家（1162—1241），镰仓前期歌人、古典学家，官至正二位权中纳言，编撰《新古今和歌集》《新敕撰和歌集》。歌风纤巧细腻，华丽妖冶，成为新古今调的代表。著有歌集《拾遗愚草》，歌论《近代秀歌》《每月抄》等。

⑤《明月记》，藤原定家的汉文体日记，镰仓时代的重要史料，记录了治承四年（1180）至嘉祯元年（1235）朝廷与幕府的关系及歌道的见闻等。

教，许多时候必须与蛮族进行交涉。他的儿时玩伴卡多利努斯结婚时恳请他写一首祝婚歌，他在回信中辩解说实在没有这份心情。

　　你说让我写一首献给维纳斯的祝祷诗，可此刻的我实在写不出这种东西。我生活在一群披肩散发的游牧民中间，不但要忍受回荡在耳边的日耳曼语，倾听这些把馊黄油抹在头发上的日耳曼人吃饱喝足后的聒噪，还要耐着性子鼓掌。你应该很想知道，为什么我的灵感枯竭了。司掌诗的女神塔利亚也叫野蛮的拨子吵得头昏脑涨。别说七脚韵的诗，看到这群人高马大的占领军，哪怕是六脚韵我也不愿写了。你的眼睛、你的耳朵何其幸运呀！还有你幸运的鼻子，因为清晨时你可以静静准备早餐，不必忍受飘得到处都是的大蒜和葱的臭味。这简直让人以为，他们的祖父或者乳母的丈夫一天到晚都在忙活做饭。阿尔喀诺俄斯①的厨房才勉强能招待这么多巨人。

此处我硬译成"占领军"的拉丁词语是"Patronos"。

---

① 阿尔喀诺俄斯，希腊神话人物，淮阿喀亚人的国王。在荷马史诗中，他设下盛大的酒宴款待漂流到其国土的奥德修斯。

＊

在此我想先岔开话题，最后再把希多尼乌斯叫回来为
这篇随笔画上句点。

1653 年 5 月 27 日，比利时图尔奈的圣布莱斯教会管
辖的救济院进行了翻修工程。瓦匠在工地上掘土，当挖到
约二米五深时，鹤嘴锄砸到了坚硬的东西。是什么呢？瓦
匠想。他拨开表面的浮土，地下埋藏着大把的黄金手镯和
金币，散发着令人目眩的光彩。瓦匠名叫阿德里安·坎
坎，他天生又聋又哑。惊慌的他撂下鹤嘴锄扭头就跑，含
糊不清地叫嚷着，一溜烟跑到了教会，将此事告诉教士。
这就是举世闻名的法兰克王室墓地。

出土物有一把剑，数不清的黄金手镯、金扣、黄金
戒指，三百多只黄金蜜蜂，一尊黄金牛头，水晶球，两
百枚红宝石，数百枚罗马货币以及马具与蹄铁等等。墓中
有一具尸骨和一大一小两个头盖骨。黄金戒指上铭刻有
"CHILDERICIREGIS"（希尔德里克[①]）。据此推测坟墓中
的死者是 481 年在图尔奈去世的萨利安·法兰克人的国王
希尔德里克一世。一同出土的小头盖骨是陪葬国王的少年
侍者（对此众说纷纭）。一时间流言四起，不仅在比利时
引发热议，更轰动了全欧洲。

---

① 希尔德里克一世（Childéric I，440—481），法兰克人部落萨里昂法兰
克人的首领，开创了墨洛温王朝。他是克洛维一世的父亲。

　　当时，哈布斯堡家族的利奥波德·威廉大公[①]代表西班牙国王腓力四世[②]统治尼德兰。痴迷古代美术品的大公听到消息后非常兴奋，立即命令贝桑松出身的侍医让·雅克·希弗莱写一份发掘报告。1665年，这份题为《希尔德里克一世的复活》的报告在安特卫普出版。

　　从希尔德里克王墓出土的大量宝物中，最受考古学家瞩目的是黄金蜜蜂。我想以科歇神父《希尔德里克一世的墓地》（巴黎，1859年）中的记载为基础对这种蜜蜂做些描述。如果看到科歇神父书中的插画，诸位便会知道充满魅力的小蜜蜂是多么引人遐想。

　　蜜蜂由纯金制成，每只大约三克重，翅膀上镶嵌着红玻璃（又称石榴石），玻璃周围的黄金被雕刻成精细的条纹状。蜜蜂背后有一个别针似的金属环，好让它能固定在布或衣服上。仔细观察会发现，三百多只蜜蜂分为两个种类，让·雅克·希弗莱称之为"盲目的蜜蜂"与"有眼睛的蜜蜂"。"有眼睛的蜜蜂"的躯体刻有横竖两种线条，做工也更为精致一点，但两者大体上没什么区别。

　　希弗莱的看法是这种小小的黄金蜜蜂是法兰克王室的纹章，用于装饰希尔德里克王的马鞍。至于蜜蜂为何是王

———————

[①] 利奥波德·威廉（Archduke Leopold Wihelm of Austria，1614—1662），奥地利军事指挥官，曾任西班牙的尼德兰总督，同时是著名的艺术赞助人。
[②] 腓力四世（Felipe IV，1605—1665），西班牙哈布斯堡王朝国王，他在任期间，西班牙虽仍领土广大，但已逐渐走向衰落。他在位时承认了荷兰的独立。

室纹章，这与同一墓中的黄金牛头密切相关。因为牛头即是国王的肖像，象征着古埃及的神牛阿匹斯（apis）。罗马人将古埃及的伊西斯信仰从尼罗河畔带到了遥远的高卢北部的尼德兰，因此，才有了在法兰克国王的墓中发现埃及神牛阿匹斯的奇怪一幕。

蜜蜂在拉丁语中叫"apis"，与埃及神牛的拼写完全一致。在古典作家的笔下，蜜蜂与牛的交情向来不浅。人们一般认为，作为祭品的牛死后身体腐烂并从中生出了蜜蜂。维吉尔①的《农事诗》第四卷详细记载了如何在被宰杀的母牛体内繁育蜜蜂的方法。奥维德的《变形记》第十五卷（三六四行以下）是这么解释的：

> 不知你们可曾注意到，在时间的威力与热气的腐蚀作用之下，溃烂的肉体会变成小型动物。比如，一头肥美的母牛被宰杀后，最好把它埋进沟里，用土盖实。有不少人亲眼所见，从牛腐烂的内脏中生出蜜蜂，它们飞向四面八方渴求鲜花。

希弗莱首先从牛引出蜜蜂，然后再由蜜蜂推导出百合花。世人皆知，百合花是法兰西卡佩王朝的纹章，然而百

---

① 维吉尔，即普布利乌斯·维吉利乌斯·马罗（Publius Vergilius Maro，前70—前19），古罗马诗人，作品有史诗《埃涅阿斯纪》《牧歌》《农事诗》等，"维吉尔"是英译名。

合其实是从蜜蜂变形而来。从希弗莱书中配的插图来看，两者的确有几分相似。最终卡佩王朝取代了法兰克王国，纹章也从蜜蜂演变为百合花，仿佛为法兰西的漫长历史融入了幻想。因此希弗莱的观点引发大众的关注，得到了众多考古爱好者的赞同。

不止于考古爱好者，现实的政治世界也没能抵御来自幻想的诱惑。1804 年 12 月 2 日，拿破仑一世在巴黎圣母院举行加冕仪式之时，他身披的长袍是深红底色，并绘有散落的金黄色蜜蜂。达维特[①]在著名的《拿破仑一世加冕大典》中画下了这一切。

由希弗莱提出、被拿破仑普及的蜜蜂与百合的同一化，被科歇神父斥之为毫无根据的考古学幻想。尽管科歇神父不屑一顾，但也没有提出新的说法。他只批驳了希弗莱的黄金蜜蜂用于马具之说，主张蜜蜂被用来装饰希尔德里克的长袍。

按照法兰克人的习俗，尸体须穿戴衣冠，宝石与饰品无不与生前一模一样，才能安葬在墓中。因此，科歇神父坚持黄金蜜蜂是国王宽松华丽的长袍的装饰物，蜜蜂身后别针似的环扣就是这种观点的有力证据。

问题的关键在于，希尔德里克王是否身穿长袍，当时的法兰克王室又是否有穿长袍的习惯。为了佐证自己的观

---

① 雅克·路易·达维特（Jacques-Louis David，1748—1825），法国画家，新古典主义画派的奠基人，代表作有《马拉之死》《荷拉斯兄弟之誓》等。

点，科歇神父抬出了五世纪时的证人——希多尼乌斯·阿波黎纳里斯。

希多尼乌斯在给挚友多姆尼吉乌斯的信（《书信集》第四卷第二十篇）中记述了自己在近处观察法兰克的年轻王子西吉斯梅尔一事。西吉斯梅尔为了与勃艮第国王的女儿成婚，率领着一队衣饰华美的随从，偶然路过里昂。

> 你那么喜爱观赏武器和骑在马背上戎装英姿的战士，若是见到年轻飒爽的西吉斯梅尔王子，你定会喜不自胜。身着法兰克盛装的西吉斯梅尔以婚约者或求婚者的身份，正在向他岳父的王宫进发！一匹佩戴勋章的马走在最前面，好不威风。不过放眼望去，每一匹马身上都装饰着闪闪发光的宝石。队伍中最惹人注目的莫过于年轻的王子。他在护卫和侍从的簇拥下徒步走来，深红色长袍仿佛一团燃烧的火焰，还有那闪耀的黄金首饰、丝绸的束腰上衣……这身奢华的衣裳衬托出他的发色与肤色，纤白的肌肤上闪耀着青春的光彩。

希多尼乌斯在言语中流露出对金发白肤的日耳曼人之美的赞叹，而且从这封信可以推测，法兰克王室确有穿长袍的习惯。希多尼乌斯没有因为对方是蛮族就嗤之以鼻，反而毫不吝惜对王子美貌的褒扬，其坦率的反应颇耐人寻味。不过，我没有资格判断科歇神父的长袍说与希弗莱的马具说孰是孰非，对埃及神牛、蜜蜂与百合花的关联也不置可否。只是让我不解的是，科歇神父为何轻易地否定了三者之间的联系呢？

最后略提一笔黄金蜜蜂后来的命运。

1656年，从尼德兰回国的利奥波德·威廉大公将宝物带回了维也纳。1662年，大公死后，宝物归德意志皇帝利奥波德一世[①]所有。1665年，为了酬谢圣戈特哈德战役中法军的支援，德意志皇帝将宝物赠给了路易十四[②]。太阳王把它们珍藏在卢浮宫的古币陈列室，他对作为法兰西王室纹章原型的蜜蜂抱有极大的兴趣。十七世纪末，宝物被转移到皇家图书馆。

1831年11月5日至6日的深夜，一个名叫弗萨的惯犯领着一伙盗贼潜入皇家图书馆，胡乱地搜刮了一通值钱的东西后逃走了。希尔德里克王的宝物未能幸免。在警察的穷追不舍下，盗贼们把一部分失窃品扔进了塞纳河。虽然事后从河中打捞上来不少东西，但是刻有希尔德里克王名字的戒指却不见了。三百多只蜜蜂仅剩下两只，保存在法国国家图书馆的展示柜中。

---

① 利奥波德一世（Leopold I，1640—1705），神圣罗马帝国皇帝及匈牙利和波西米亚国王。他在位时赢得大土耳其战争的胜利，抵挡并战胜了奥斯曼帝国。

② 路易十四（Louis XIV，1638—1715），法国波旁王朝国王，号称"太阳王"，在法国建立君主专制的中央集权王国。他统治的法国成为欧洲霸主，但连年战争使国疲民惫，为日后法国大革命埋下伏笔。

箱
中
之
虫

玉虫佛龛①与其说是佛龛，莫如说更像一座袖珍宫殿。一般而言，佛龛是用来供奉佛像或收纳经卷的小阁子。然而玉虫佛龛仿佛是从须弥座②与台座筑成的两层底座上拔地而起的一座宫殿。天平十九年（747年），法隆寺呈递朝廷的《伽蓝缘起流记资材帐》中记载有"宫殿像二具"，或许这是当时对佛龛的称呼。想必任何人对玉虫佛龛都有个大致的了解，我无意在此温习古代美术史，也就不多费笔墨了。这座宫殿是歇山顶式建筑，正面与侧面都设有两扇对开门，云形斗拱支撑起屋檐，分段式歇山顶屋脊的两端饰以鸱尾。读者诸君只需要知道这座仿效飞鸟时代建筑

①　玉虫佛龛，日本国宝，飞鸟时代的佛龛，藏于奈良法隆寺。日语原文为"玉虫厨子"，"厨子"指用于安置佛像、舍利、牌位等的法器，与一般的佛龛（仏壇）有所不同，此处大略译为"佛龛"。
②　须弥座，又称须弥坛，寺院佛殿内安置佛像的高座。相传形状仿照须弥山所作。

的玉虫佛龛乃是珍贵的文化遗产便足够了。

我真正想说的是玉虫，或者说，虫。

玉虫佛龛之名源于布满这座宫殿的镂空花纹金饰之下铺陈着的无数玉虫翅鞘。为了排列得不留一丝间隙，每一只翅鞘都裁剪掉翅根与翅尖。经过漫长的岁月，时至今日，翅鞘的颜色已经褪去，沾满了尘埃，木质表面也脱落许多。然而我们仍不难想象，当初它映出的彩虹色光辉是何等绚烂。玉虫的翅鞘表面具有皮革质感，泛着金色与鲜绿色，左右各有一条铜紫色的竖纹，随光线变化不时辉映出蓝色与胭脂色的光彩。"玉虫色"一词即是由此而来。在种类众多的甲虫中没有可与玉虫之美比肩的。用玉虫的翅鞘装饰佛龛——如此异想天开的想法究竟是何处的何人想出来的呢？我不禁好奇，因为这个构思着实是秀逸非凡。

昭和七年（1932 年），京都大学农学部昆虫学研究室的山田保治出版了一本薄薄的小册子《古代美术工艺品中的玉虫研究》。将玉虫用于工艺品的手法并非日本的玉虫佛龛独有，如正仓院收藏的御用短刀与弓箭，以及韩国庆州的新罗时代金冠冢中出土的马具与绫罗，也可见玉虫的身影。金冠冢文物所用的玉虫翅鞘与玉虫佛龛、正仓院御物所用的玉虫翅鞘不差分毫，都来自当今日本随处可见的玉虫，即学名为彩虹吉丁虫（Chrysochroa fulgidissima）的大和玉虫。换言之，这些日本、朝鲜工艺品中使用的玉虫都属于同一种类。

我们不由得展开联想。也许玉虫佛龛实际出自朝鲜籍归化工匠之手，他们将玉虫的工艺应用技术带到了日本。这一点上应该没有异议。不过如山田保治所指，考虑到朝鲜的玉虫产量远远不如日本，一般认为朝鲜工艺品中所用的玉虫或许是远渡日本的朝鲜人带回朝鲜的，或者是从九州、对马向朝鲜出口的。即是说，使用玉虫翅鞘的构思由朝鲜工匠提出，玉虫则由日本产出。

日本国内的玉虫分布情况也相差悬殊，似乎关西地区尤其盛产玉虫。伊势的古典学者谷川士清[①]在给本居宣长的书信中写道："五月近晦，碑砌毕三日而玉虫出，右玉虫似喜朴树。"玉虫的幼虫好像更喜欢寄生在朴树上，不过栎树、樱树、桃树、柳树、柿子树以及柚木上也时有玉虫栖息。在日本常常可以发现玉虫的身姿。我的书桌上摆放着一个装有玉虫的玻璃小瓶，这只玉虫是我在北镰仓家的庭院中捉到的。我写作时也常常端详它。不过，往日飞鸟时代的玉虫数量之巨恐怕要超乎我们的想象，不然的话，玉虫佛龛作为最高级的奢侈品就不可能使用如此数目的玉虫翅鞘了。

山田保治出于学者特有的细致，亲自确认了玉虫佛龛所用玉虫翅鞘的枚数、方位和排列方式，在文中如是记述道：

---

① 谷川士清（1709—1776），名升，号淡斋，江户中期国学学者，师从玉木苇斋学习垂加流神道，兼修和汉学，著有《日本书纪通证》。

宫殿正面计 790 枚，背面计 569 枚，左侧计 626 枚，右侧计 578 枚，合计 2563 枚。

宫殿与须弥座间设有三个横木框，虽然如今已经脱落，但据推测其上也饰有玉虫翅鞘，上框计 584 枚，中框计 1080 枚，下框计 438 枚，合计 2102 枚。

除却上述三框之外，据推测，须弥座与台座的镂空花纹金饰下铺设的玉虫翅鞘，正面计 1164 枚，背面计 1164 枚，左侧计 1045 枚，右侧计 1045 枚，共计 4418 枚。

综上所述，宫殿、须弥座、台座以及镂空花纹金饰等部分推测都铺设有玉虫翅鞘，共计 9083 枚。一只玉虫具有两枚翅鞘，因此必须捕获 4542 只玉虫才能够装饰完佛龛的各个部分。

4542 只，真是一个相当庞大的数量。倘若放到今日，昆虫学会之类的机构只需在全国范围内散发征集玉虫翅鞘的宣传册，就能轻而易举凑齐这个数字。但在古老的飞鸟时代，想收集 4542 只玉虫就不得不动员相应的人数去深山老林里捉虫。即使古代的玉虫数量远超现代，要想集齐规定的数量，需要耗费的时日之多也可想而知。

我忽然想象到这样一个场景。夏日的一天，在奈良附近的生驹山、葛城山中，身着田间工作服的男男女女中还混杂有孩子们的身影。数不清的玉虫一齐从朴树中四散纷飞,大家手持竹帚,各自追逐着玉虫,也就是人海战术。否则的话,在一定期限内捉到4542只玉虫,怎么想都是强人所难。夏日的骄阳之下大群玉虫振翅交飞,翅鞘闪耀着彩虹色的光辉,这般如梦似幻的光景,今日难见。想必一定很壮观吧。

*

我先前把玉虫佛龛比作袖珍宫殿,但实际上它的构造非常简单。粗略地讲,不过是上下两个箱子以木框连接在一起,然后盖上屋顶,筑好台座罢了。因此,就算玉虫佛龛的外观跟宫殿极其相似,本质上也就是一个箱子。

以下仅是我的个人见解。对玉虫一物追根溯源的话,就会发现它与箱子渊源颇深。

例如《广文库》①收录的"倭姬命"词条如是记述道:

> 太常国史云:镇坐本纪载开化天皇②持一手匣,匣中有物,似小虫蠢动。微视之,人貌也。帝窃异之,由是赐养宫闱。及长,容姿端丽,谓之倭姬命

---

① 广文库,大正时期出版的百科事典,物集高见编纂。该书从中日典籍及佛典中选取有关地理、生物、文俗等词条约五万余条。
② 开化天皇,《古事记》《日本书纪》中所载的第九代天皇,本名为稚日本根子彦大日日尊。

也。(《本朝诸社一览》)

　　异说见《元长参诣记》:人皇九代帝开化天皇御宇多年,有一御手箱,箱中似有物出,形如虫。俄而化人,夺胎换骨之姿也。帝赐名倭姬。一书云:倭姬皇女,乃垂仁天皇[①]砚盖之虫,化为丽人焉。(《倭姬命世记[②]抄》)

　　倭姬,乃神佛化现之人也。初为箱中之虫,帝育之,遂成倭姬。此姬寿量七百余岁也。(《日本纪[③]神代抄》)

　　虽有诸种异文并存于世,但每一种都记载了皇女最初以虫形现身箱中的传说。柳田国男[④]称之为玉虫传说,认为是与虚舟[⑤]的幼儿、竹中的辉夜姬[⑥]、桃子中的桃太

---

① 垂仁天皇,《古事记》《日本书纪》中所载的第十一代天皇,本名为活目入彦五十狭茅尊。

②《倭姬命世记》,又称《大神宫神祇本纪》,神道五部书之一。相传为768年祢宜五月麻吕撰录,详细记载从天地鸿蒙到雄略天皇时代的历史。

③《日本记》即《日本书纪》,日本最早的敕撰史书,以汉文编年体形式写成,共三十卷。养老四年(720)成书,舍人亲王等编纂。记述自神代至持统天皇的日本正史。与《古事记》并称“记纪”。

④ 柳田国男(1875—1962),日本民俗学之父,认为妖怪故事与民族性格和深层心理有密切关系,著有《远野物语》《蜗牛考》《桃太郎的诞生》等。

⑤ 虚舟,日本江户时代的传说。一艘来历不明的船漂流至茨城县的海岸,船内是一名抱着盒子的美人。她由于恋情不为世俗所容,而被流放大海,怀中的盒子里装着恋人被砍下的头颅。最终,岸边的人将她遣回大海。

⑥ 辉夜姬,《竹取物语》的主人公。她诞生于竹中,被砍竹老翁夫妇收养。三月出落成美人,面对贵族公子的求婚巧设难题婉拒,最后拒绝了天皇的请求。八月十五日的夜晚随月宫遣来的使者回到月亮。

郎①、瓜中的瓜姬②、小腿肚中生出来的胫太郎均属于同一
类型的故事。可我总觉得将这诸种异文归纳为一般的故
事类型，岂不有些浪费？除共同主题"小人儿"以外，
玉虫的特殊性在于它与箱之间的关联，不禁引人遐思，
奇趣无穷。

　　然而，至于如何从理论角度阐述玉虫与箱的关联，我
总是踌躇难以下笔。作为一种常见的甲虫，玉虫常会装
死。假死的玉虫足肢紧缩，船形身体一动不动，好似那裹
着亚麻布、装殓在木棺中的埃及木乃伊。不，玉虫坚硬的
身躯即使真的死去后也不会轻易腐烂，这才说得上是与
木乃伊十分相像。将木乃伊放入箱中不是什么不可思议之
事。不过，玉虫传说与其说类似箱中的木乃伊，不如说类
似茧中之蛹。木乃伊与蛹是如此相似。加斯东·巴什拉③
在《大地与休憩的梦想》中引用了俄国神秘主义者罗扎诺
夫④的话："每个埃及人临终前都会像毛虫一样为自己织出
一个细长光滑的茧，好让自己变成蛹。"木乃伊不就是人
类之蛹吗？

----

① 桃太郎，日本民间传说，讲述从桃子里出生的桃太郎用黄米面团引来
狗、猴、雉当家臣，降服妖怪的故事。
② 瓜姬，日本民间故事。主人公从顺河流漂来的瓜中所生，长大后容貌
甚美丽。正当她织布时天邪鬼来捣乱，最后被抚养她的老夫妇赶走。
③ 加斯东·巴什拉（Gaston Bachelard，1884—1962），法国哲学家、诗人，
提出了认识论断裂的概念，著有《否定的哲学》《空间的诗学》《梦想的诗
学》等。
④ 罗扎诺夫（В.В.Розанов，1856—1919），俄国文学家，持一种将宗教
与性相结合的异端思想，著有格言集《孤独》《落叶》等。

　　不妨先试着梳理一下。木乃伊寄托了人类复活的愿望。而蛹之为蛹，是为了度过类似死亡的静止期，慢慢地蠕动挣扎，最终羽化破茧而出。倭姬命正是茧中之蛹一般的存在。

　　另外务须注意玉虫一词中包含的"玉"字的意义。我们无需借助折口信夫[①]的著名理论也能明白，灵魂将化作具有物质形态的玉[②]，这意味着具体的玉是抽象灵魂的象征，而玉虫即为灵魂之虫。至少我们无法忽视，玉虫的名字能够如此自然而然地引发人类的联想。

　　据折口信夫所说，玉子[③]在日本古语中写作"カヒ"，原意为像豆沙点心的糯米皮那样包裹着某物的东西。这种玉子是密闭的，外壳上没有任何空隙。然而无缝隙的容器中却不知从何处进来了一样东西——灵魂。灵魂在玉子中等待一段时间，逐渐成长直至破坏玉子显现自身。在"密闭"这一相同条件下，玉子无疑等同于茧，也等同于箱子。那么从箱中诞生出灵魂之虫，不也挺自然的吗？

　　略提一笔，在《古事记》与《日本书纪》神话登场

[①] 折口信夫（1887—1953），号释迢空，日本文学家、民俗学家、歌人，著有《古代研究》《日本文学的诞生序说》，和歌集《海山之间》，小说《死者之书》等。

[②] 日文中"玉"与"魂"两字都念作タマ。

[③] 玉子，日语词汇，意为"卵""鸡蛋""雏形"。为留"玉"字保留原文。

的众多女性角色中，前身为虫、尊为伊势初代斋宫^①的倭姬命^②是我本人最欣赏的女性。因为她与外甥倭建命^②联合，充分地发挥了自己的灵能。她把自己的衣裳给倭建命，让他穿上女装，通过突袭完成讨伐熊袭族^③的伟绩。她又赐予外甥装有草薙剑^④与燧石的袋子，在危急时刻救了倭建命的性命。《日本纪神代抄》中称她是"神佛化现之人"可谓实至名归。

*

　　玉虫与箱的关联并不只见于倭姬命的传说。鸭长明^⑤所著的《四季物语》中有这么一段：

　　　　依此虫之美，称之为玉虫不为过。然而它的声音不如螽斯、机织虫、蟋蟀等虫清亮。有的玉虫从不

---

① 斋宫，天皇即位时需从未婚内亲王或皇女中挑选一人，派遣到伊势神宫侍奉神佛，直至天皇让位。亦指其住所。该习俗一直持续到14世纪的后醍醐天皇时代。

② 倭建命，又称日本武尊，名为小碓命，日本古代大和国家成立时期传说中的英雄，奉天皇之命征讨九州的熊袭、东国的虾夷，完成扩张大和王权的使命。

③ 熊袭族，据《古事记》《日本书纪》记载，相传是古代时期定居于九州南部上代、萨摩、大隅、日向等地的部族。

④ 草薙剑，日本三种神器之一，相传是从素戈鸣尊降服的八岐大蛇尾部出现的剑，供奉于热田神宫。

⑤ 鸭长明（1155—1216），镰仓初期歌人、随笔家，中世隐者文学的代表，著有《方丈记》《无名抄》《发心集》等。

鸣叫。此虫甚为名贵，相传能招来幸福。旧日宫中有一习俗，女官们悄悄把玉虫藏于香粉匣。人死后弃尸荒野，一二十载过后，匣中的玉虫仍完好包裹在绢布之下。

匣，即为摆放梳子与化妆用具的小盒子，也有"玉匣"的说法。王朝时代[①]的女官习惯将玉虫秘藏在首饰盒或香粉匣中。理由有二，一是自古以来玉虫就是名贵的"相爱之药"，也就是媚药；二是据说把玉虫放入香粉匣的话，香粉的气味不仅不会泄漏，反而会愈加浓郁。最近还流传着如果把玉虫锁进衣柜，和服不知不觉就会多出几件或是穿起来变得更合身等都市奇谈。如《四季物语》所言，玉虫是"招来幸福之物"。

鸭长明对暴尸荒野的人类骸骨习以为常，却感慨于被和服妥善包裹着的玉虫，十年、二十年后仍被视若珍宝。《四季物语》的笔调着实有趣呀。

王朝时代的女官们聚集在朴树下，忘我地追逐着玉虫，长长的衣襟飘荡在风中。这般光景不由得浮现眼前。

至于玉虫是否能制成媚药，我才疏学浅，不知所以。但正仓院的《药种二十一柜献物帐》中，与玉虫同属鞘翅目昆虫的青斑猫（古称芫青）赫然在列。玉虫未必就完全

---

① 王朝时代，指以天皇为统治核心的时代，与幕府统治的武家时代相对应，一般指奈良、平安时代；狭义上指平安时代。

没有药效，尽管我尚未试过效果如何。

＊

　　我想继续对玉虫与箱的关联进行涩泽式考察，但接下来不如改换一种意趣和文体。我想从自己过去的经历说起。

　　太平洋战争进入白热化阶段之际，我在念旧制初中。当时在同级生中有一个心灵手巧的少年，我们姑且称呼他为 K 吧。一提到玉虫，我的脑海中就会反射性地浮现出箱子的印象。这也许与我和 K 的交往期间发生的一个插曲有关。

　　当时我们这些中学生热衷于制作飞机、军舰的模型，手指灵巧的 K 是其中出类拔萃者。那是一个塑料尚未供给民用的时代，塑料模型还没有诞生，我们玩的多是木头模型。挑一块木料刨削出形状，再用砂纸精细地打磨，每个零部件间用胶合剂粘起来，最后涂上喷漆就大功告成了。但是 K 亲手制作的飞机、军舰模型却与众不同。专攻小型模型的他经常做一些能放进火柴盒大小的战斗机和轰炸机。

　　每天早课开始前，K 小心翼翼地从口袋里拿出一个火柴盒。打开一看，里面装有和实物别无二致的梅塞施密特的 Bf-109[①]、喷火战斗机[②]、波音 B17[③]、北美的 B-25[④]。"真厉害！""不赖嘛！"围成一圈的同级生们忍不住啧啧赞叹，尤其当双发动机的洛克希德 P-38[⑤] 登场时，更是引发了阵阵惊叹。火柴盒中的飞机展览仿佛是一种把同学聚集起来的仪式，日复一日地上演着。

　　不知道为什么，K 似乎对我格外亲切，每三回展览就送我一架迷你飞机模型。我虽然内心欣喜，可当着其他同学的面收下的话还是会觉得难为情。K 平日里沉默寡言，没有人知道他在想什么，但是他做起事来立刻就变得充满自信，无论他人说什么都置若罔闻。我至今还记得他把火柴盒不由分说地送给我的情形，比起喜悦，我更多感到的是困惑。

　　随着战局日渐恶化，敌国的飞机终于出现在本土上空。那时候，政府发出劳动动员令，我们被分到了坂桥的合金工厂干活。K 久违地从口袋中拿出火柴盒给我看。"搁置了好久的模型制作又开始了吗？"我想道。在连日的灯

---

① Bf-109 Fighter，由德国梅塞施密特公司研发的活塞式战斗机，二战期间纳粹德国的主力机型，是轴心国空军使用最广泛的军用机。
② Spitfire Fighter，由英国超级马林公司设计的活塞式战斗机，是二战期间英国皇家空军的主力战斗机。
③ B-17 Bomber，二战初期美军的主要战略轰炸机。
④ B-25 Mitchell，二战期间美军的中型远程轰炸机，名字的来源是一战时期的美国指挥官威廉·米切尔。该机型执行过轰炸东京的任务。
⑤ P-38 Fighter，由美国洛克希德公司研制的重型战斗机，是美国陆航战斗机中击落日本飞机最多的机型。最著名的战绩是击落日本联合舰队司令山本五十六的座机。

火管制下还有气力精雕细琢，不禁让人佩服他的热情。眼瞅着四下无人，K 忽然把火柴盒塞到我手里，慌慌张张地跑走了。

我打开一看，火柴盒中既不是"地狱猫①"也不是"野马②"，而是一只死去的玉虫。

我没有参透 K 的本意。他一直是个行为举止令人捉摸不透的男人，所以我也没有留心多想。再者，比起收到迷你飞机，还是昆虫更让人开心。故事结束了，仅此而已。可我没有料到，这段故事在日后仍有后续。

4 月 13 日，货真价实的波音 B-29③盘旋在东京上空，燃烧弹如同大雨般落下。我家的房子被大火焚烧殆尽，书桌上摆放的那些 K 制作的飞机模型也尽数消失在火海中。K 家中的飞机模型应该也烧了个精光吧。殊为讽刺的是，它们葬身在美军同种机型所施行的轰炸中。

战败后，K 进了关西某所不入流的工科大学，好歹混到毕业就在当地安了家。他似乎在地方广播台谋了份差事，娶的妻子也是本地人。

战争期间在工厂同甘共苦的经历使我们班同学间的感情非常好。自从战败那年毕业之后，我们这一届学生经常

---

① 地狱猫，即 F6F Fighter，绰号 Hellcat，二战美国海军的舰载战斗机，在太平洋战争中成功压制住日本的零式战斗机。
② 野马，即 P-51 Fighter，绰号 Mustang，二战期间美军的主力战斗机。
③ B-29 Bomber，二战期间美军的主力战略轰炸机，执行过于广岛、长崎空投原子弹的任务。

举办聚会，重聚一堂。然而远在他乡的 K 却一次也没有露过面。不时传来风言风语，据传他废寝忘食地想要再造出一座玉虫佛龛，妻子对他的疯狂也惊愕不已，最终离他而去。传闻如此，至于真伪则无从知晓。

　　距今十年前，我出于取材的目的游览了各地的美术馆，偶然间来到了 K 居住的关西城市。我从酒店给广播台打了个电话，出人意料的是，电话那头传来了 K 一点儿没变的粗嗓门。当晚，我们在酒店大堂碰面，寒暄着阔别以来的种种经历。将其他同学的闲话聊了个遍，我竭力装作若无其事的样子开口道：

　　"有好多关于你的奇怪传闻，你知道吗？听说，你在复原玉虫佛龛。"

　　K 皱着眉头回答：

　　"是的。但复原这个说法不大准确，严格来说是我创作的新作品。不过怎么说都无所谓。"

　　仿佛嫌恶这个话题似的，K 反过来将疑问的矛头指向了我：

　　"我听说你当上作家了，写什么书？小说吗？"

　　"不，我不写小说。我很不喜欢人际交往，小说完全不适合我。我的文章解释起来有点麻烦，大致就是像评论、随笔之类的玩意吧。我一直写着自己都不知道该划到什么种类的文章。"

　　"亏你能以此过活。"

"嗯，我过得不错，手头还算宽裕。"

"那就好，我也为你感到高兴。"

之后我跟从K的向导，兜兜转转喝了三四家小餐馆和酒吧，最后又折回酒店里的酒吧。这时候，不胜酒量的K说话已经含糊不清，他把胳膊撑在吧台上，端起玻璃杯抿着杰克·丹尼威士忌，说了句出人意表的话。

"最近我正在读《参天台五台山记》。"

"参天台……那是什么？"

"真叫人惊讶，你一个搞文学的人居然不知道吗？这本书是成寻[①]阿阇梨西渡中国时写下的游记。"

"这么一说是挺害臊的，我确实没读过。成寻阿阇梨的母亲倒是有所耳闻。战争期间臭名昭著的《爱国百人一首》[②]收录了她的和歌，'遥彼唐土，红日照及，勿失勿忘，日出之地。'"

"你的记性还是这么好，从初中起就一直鹤立鸡群。"

"我不是喜欢背诵什么《爱国百人一首》。小时候把《小仓百人一首》背得滚瓜烂熟之后没有其他书了，才背《爱国百人一首》权当消遣。我也很苦恼，记住一遍的东

---

① 成寻（1011—1081），平安后期的天台宗僧人，1072年入宋，将五百余卷佛经带回日本，殁于中国。其母亦是歌人，撰写和歌抒发人至老境却与子离别的悲伤，后人编成《成寻阿阇梨母集》。
② 爱国百人一首，日本二战期间模仿《小仓百人一首》的体例编著的宣传读物，挑选了一百位歌人的和歌，内容多为对皇室的崇敬、国土的热爱、家人的亲情。

西便怎么也忘不掉了。"

"你不用辩解，我知道你不是个军国少年。"

"跑题了，话说回来，那个参天台……"

"嗯。虽然只是我的猜测，那个名叫成寻的和尚似乎变成了玉虫。据说他圆寂时不仅肉身没有腐坏，甚至接连三日散发出奇异的光芒。"

"真不可思议呐。"

"成寻在中国亲眼见到化作玉虫的和尚。于是他自己也动了心思，一念之间，化身玉虫而死。可是《参天台五台山记》中对此没有只言片语的记载。他最终也没有返回日本，而是死在了宋土。这使得他的母亲悲痛欲绝。"

我一不小心又犯了老毛病，挖苦的言辞无意间脱口而出：

"这么说只要心存一念，谁都能变成玉虫喽？但愿我也能变成玉虫死去。不过，我可不想被你放进火柴盒里，倒不如拿去装饰你的新作玉虫佛龛。"

那时我已经喝得酩酊大醉，说出的尽是些支离破碎的句子。K 再度默不作声。我的酒都随着话语倾泻出来，而他的酒仿佛都沉淀在沉重的身体里。

他突然站了起来。

"喂，我要回去了。你要不要来看看？"

"看什么？"

"我的作品。"

我早已把这玉虫佛龛抛诸脑后。在我自顾自地发表长篇大论的时候，玉虫佛龛就像一根始终没有断掉的丝线般萦绕在他的头脑中。

"不了吧，都这么晚了，而且明天还有预定要去的地方。啊不，不是明天，已经是今天了。"

我看了眼时钟，早已过了十二点。

现在回想起来，或许那时我应该接受 K 的邀请，去看一看他的作品。无论这件作品成色几何，一定会触发我内心中的某种印象。我白白错失了一期一会的良机。其实，那一天我根本没有什么要紧的工作。

几年后 K 死了，死时才四十多岁。

时至今日，班级聚会上仍有人不时提起 K。他发疯后有没有创作出属于他的玉虫佛龛呢？似乎没有人见过。

后来，在不得已的情况下，我粗略地翻了翻那本被我嘲弄的《参天台五台山记》。据延久四年九月二十一日的行记叙述，成寻在前往五台山的途中路经泗州的普照王寺，他在这里参拜了约三百五十年前圆寂的僧伽[1] 法师的真身塔。据小杉一雄[2] 的《肖像研究》所言，所谓真身塔，是中国寺庙用以安放高僧的肉身佛（经干漆夹苎法处理的

---

[1] 僧伽（?—710），唐代僧人，狼山广教寺的开山祖师，相传他曾示现观音十一面相，民间信仰他是观音化身。

[2] 小杉一雄（1908—1998），日本美术史学者，早稻田大学名誉教授，专业是中国美术史，著有《亚洲美术概论》《中国美术史与日本美术的源流》等。

遗体）而特设的佛塔。也许这就是 K 所说的玉虫吧。《续本朝往生传》[①]描述了成寻临终时的场景：

> 死前七日，成寻上人自知油尽灯枯，命众僧聚而诵经。七日之后，成寻西向而寂。死后三日内，头顶金光不灭。遗体安存寺中，通体漆金，毛发未变，一如生前。

---

① 《续本朝往生传》，平安后期的大江匡房著，记述脱离俗世转生极乐净土的四十二人的传记，是《日本往生极乐记》的续书。

桃
鸠
图

两周前的某月某日，我久违地去了一趟上野的国立博物馆。因为我偶然间得知该馆举办的某展览中正在展出徽宗皇帝的《桃鸠图》。此前我还未有幸一睹真迹。

《桃鸠图》的印刷品早已屡见不鲜。我第一次看到这幅画是在由东京开成馆发行的旧制中学东洋史教科书上。时过境迁，我的记忆难免生出偏差，教科书采用的插画也许不是《桃鸠图》，而是同出于宋徽宗之手的《白梅寒雀图》。然而无论是哪一幅，画中所绘均是一只毛茸茸、胖鼓鼓的小鸟，它摆出某种充满纹章学①意味的姿态，决绝地侧过身子，逗留在缀满鲜花的枝头，一动不动，仿佛定格在永恒之中。时至今日，书中究竟采用哪幅画已不重要，它确实给少年时期的我留下深刻的印象。虽然那时未

———————————
① 纹章学是研究纹章的设计与应用的学科。

曾多留意，四十年后的今日，我却时常回忆起在东京空袭
中被烧焦的教科书所载的那只鸟儿。

我向来喜欢动物题材的绘画，其中宋徽宗的花鸟画尤
为合我的口味。因为画家仿佛是将无垠的空间割裂开来，
嵌入一只永恒的小鸟。宋徽宗的《桃鸠图》中没有时间，
或者说，即使画中存在时间，那个时间的过去与未来都被
折叠进名为"现在"的套盒，停留在永恒的现在。伫立在
桃树枝头的鸽子呼吸着这种时间，凝然不动，称其为"柏
拉图之鸠"也不为过。

这只鸽子之所以生得鼓鼓胀胀，我想，也许与它不
断呼吸着"永恒的现在"不无关系。鸽子不仅时刻保持着
静止姿势，而且不给人以冷硬之物的固定之感，是因为它
的内在悄无声息地进行着富有弹性的永恒吐息。借弗朗西
斯·蓬热[1]诗中的比喻，画中的鸽子是一只装满象征意义
的"羽毛口袋"。

再离近些端详，不由分说，我为这只鸽子的眼睛所
倾倒。应该如何形容才贴切呢？这只眼睛如同箭靶的同心
圆，中心是黑色，由内向外的环形依次为黄色、茶色和白
色。最外侧的白色圆环由数十个小圆形衔接而成，颇似家

---

[1] 弗朗西斯·蓬热（Francis Ponge，1899—1988），法国诗人、散文家、
文艺评论家，他的诗不依赖象征与比喻，致力于书写物的本体，记录事物
的多样性。卡尔维诺誉其为"被低估的新卢克莱修"，著有诗集《采取事
物的立场》《创造一片草地》等。

纹的菊轮纹样。据说，有些品种的鸽子的眼睛周围长有一圈肉质的眼环，可见画家只是把观察对象如实描摹下来。不过即使如此，同心圆鸽眼的美丽依旧不言而喻。如此描绘鸟的眼睛的画作，我从未在别处见过。

据菊木嘉保的《万宝全书》[①]卷四所载，宋徽宗作画"不爱踏袭古人轨辙。他钟情花鸟，画鸟时从不画眼睛，而以生漆点睛，隐然豆状，高出画绢，栩栩如生"。此处的"隐然豆"，我想或许是"隐元豆"之误。但果真如此吗？所谓"高出画绢"，是形容鸟眼如豆子般在绢纸上微微凸起的模样。这一生花妙笔在《桃鸠图》的复制品中是绝对无法看到的。

宋徽宗是宋朝的第八位皇帝，诗文书画无一不精，世人称其为风流天子。此处就不再赘述他在艺术领域的成就了。不过在大多数历史学家眼中，宋徽宗是个毫无作为的昏君。他将朝政全盘托付宠臣蔡京，终日醉心于豪奢的宫廷生活，为不久后北宋的灭亡埋下祸根。正因他享尽了人世荣华，才招致家国破灭、身世飘零。皇帝被金人俘虏至满洲，后来死在流配之地，这般悲惨的晚境可谓自作自受。近来我粗略翻阅了李约瑟[②]的《中国科学技术史》一

---

① 《万宝全书》是江户时期关于美术和茶道具的百科事典，菊木嘉保编纂，共计十三卷十三册，初版于元禄七年（1694）。
② 李约瑟（Joseph Needham，1900—1995）英国生物化学家、科学史学家。他提出的关于中国科技停滞的"李约瑟难题"引发广泛争议。

书，有趣的是，这位精力充沛的中华文明的博览者提出了一种关于宋徽宗的新颖的见解。

对我们这些普通读者而言，李约瑟的假说似乎离奇过头。其论述的出发点是时钟的历史。11 世纪至 12 世纪时，中国的时钟制造技术高度发达，在钟表匠间也存在着"旧法党"和"新法党"的两股对抗势力。两党围绕纪念碑式时钟的设计权及建造权展开了激烈的竞争。旧法党人一般是儒家士大夫，新法党人则是与之敌对的道士群体。1101 年宋徽宗继位以后，受皇帝荫庇的新法党人逐渐把控政权。新法党是由革新官僚组成的学者集团，他们与被奉为经典的儒家思想划清界限，转而选择了道教的科学技术。李约瑟始终对探索科技领域的道士们给予极高的评价。他认为，道教绝非仅仅追求长生不老与现世利益的宗教，更不是一种古老的迷信。因为热衷道教、重用道士而遭到后世指摘的宋徽宗，想必也从中看出了某种异质性的东西吧？

李约瑟的论述中最引人瞩目的地方，是将宋徽宗的宫廷氛围与五个世纪后鲁道夫二世①的布拉格宫廷相对比，将 16 世纪沉迷矫饰主义艺术的欧洲君主与北宋最后的皇

---

① 鲁道夫二世（Rudolf II，1552—1612），哈布斯堡王朝的神圣罗马帝国皇帝、匈牙利国王、波西米亚国王和奥地利大公。他被视为一个平庸的统治者，其政治短视导致三十年战争的爆发；但他也是狂热的艺术爱好者，是同时代最大的收藏家之一。

帝相比较。自从《梦的宇宙志》[①]后，我一直对鲁道夫二世抱有浓厚的兴趣，李约瑟的观点自然很对我的胃口。

宋徽宗对艺术的狂热世人皆知。他不遗余力地收集古籍、工艺品、绘画、古董和铜器等。据李约瑟说，当时有个叫王仔昔的道士，精通各种奇技淫巧，宛如欧洲的魔法师。他制作了一台天体仪，被皇帝珍藏在某间神秘的阁楼之中。这难道不是与鲁道夫二世如出一辙吗？鲁道夫在布拉格的宫廷聚集了为数众多的炼金术师、占星术师、工艺匠人，正如宋徽宗将钻研科学、技术的道士们汇集到开封府。据说宫中供养的道士达两万余人，这一数字真令人震惊。宋徽宗命人用船只把江南的珍花奇石运至汴京，世称"花石纲"；他在皇宫的东面，以太湖石掇叠成万岁山艮岳。太湖石是一种形状奇怪的巨石，产自太湖湖底，在水力的侵蚀作用下百洞千壑。为了将巨石沿运河运送到京城，有时甚至会毁坏所经州县的水闸、桥梁，祸害百姓之事屡屡发生。鲁道夫二世同样沉迷于收集石头，但不是这般巨大的岩石。

宋徽宗与鲁道夫二世的共同点更体现在对博物学的痴迷上，两人对搜集珍禽异兽乐此不疲。在布拉格宫廷的动物园里，除了马斯克林群岛栖息的稀有鸟类渡渡鸟，还有新大陆的鹦鹉、摩鹿加群岛的火烈鸟，甚至收藏了新几

[①]《梦的宇宙志》，涩泽龙彦随笔集。

内亚的极乐鸟标本。与此相比，五百年前宋徽宗的开封宫廷内是否存在一座能称得上动物园的宫苑尚且存疑，至少当马可波罗在北京觐见忽必烈时，宫中豢养的麋鹿、金鱼、孔雀和鹦鹉等动物着实令他大吃一惊。宋徽宗还创作了《五色鹦鹉图》这样的传世杰作。身无长技的鲁道夫二世只能命令宫廷画师罗兰德·萨弗里[①]描摹渡渡鸟的身影，东方的皇帝却能亲自挥毫泼墨，格调显然高出一筹。宋徽宗本人是鸟类爱好者，在他独特而雅致的花鸟画中，不仅是桃鸠，白梅寒雀、五色鹦鹉、水仙鹑、枇杷山鸟、竹燕等亦是涉笔成趣。

古往今来，能通人言的鹦鹉一直备受中国人青睐。泽田瑞穗[②]的《中国动物谭》援引宋朝周去非[③]的《岭外代答》卷九的一段文字："占城产五色鹦鹉，唐太宗时，环王所献是也。案传谓能诉寒，有诏还之。环王国即占城也。"占城亦称环王国，是曾经存在于越南南部的古国。南海地区和西南地区的贸易可以追溯到古老的汉朝，鹦鹉很早就

---

① 罗兰德·萨弗里（Roelant Savery，1576—1639），荷兰黄金时代的巴洛克画家。他笔下的渡渡鸟成为后世渡渡鸟形象的滥觞。
② 泽田瑞穗（1912—2002），中国文学研究者，早稻田大学教授，被誉为中国文学研究第一人，著作有《宋明清小说丛考》《芭蕉扇：中国岁时风物记》《间花零拾：中国诗词随笔》等。
③ 周去非（1135—1189），字直夫，永嘉（今浙江温州）人，南宋地理学家，历任钦州教授、广西静江府县尉、浙江绍兴府通判。其著作《岭外代答》既是宋代广西地方志，兼叙安南、爪哇、波斯、木兰皮等域外国家的风土人文。

进入了中国人的生活。晋人张华[①]对《禽经》的注解有"鹦鹉出陇西，能言鸟也"之语，足以断定鹦鹉的故乡应是陇西，即现在的甘肃一带。所谓陇西，是指陇山以西的地方。

当我再一次凝神端详宋徽宗的《桃鸠图》时不禁浮想联翩。无论是羽毛色泽之美艳，还是同心圆形眼瞳之奇异，这只羽翼丰满的鸟儿绝非随处可见的野鸽、家鸽，必定是从遥远的异国而来的珍贵品种。

*

说到"鹦鹉出陇西"，宋徽宗年间陇西地区将鹦鹉作为贡品进献朝廷已成惯例。

皇帝把鹦鹉放在鸟笼中，饲养在安妃阁，每日不倦地来教鹦鹉念诵诗文。日子久了，鸟儿渐渐通晓人语。至于鹦鹉为什么能学会人话，此事恐怕只有向鸟儿打听才能窥其堂奥。不过汉语属于孤立语[②]，相较于黏着语[③]的日语而

---

① 张华（232—300），字茂先，西晋文学家、诗人、政治家。他编撰的《博物志》共十卷，内容包罗万象，涉及地理水文、草木鱼虫、历史杂说、神仙方术等。
② 孤立语（Isolating language），语言形态论的一种类型，特点是一个音节单位具有完整意义，较少或没有词形变化，语法功能主要由语序表示。孤立语包括汉语、越南语、泰语、藏语等。
③ 黏着语（Agglutinative language），语言形态论的一种类型，通过接续词、助词、助动词等具有语法功能的语素与有实际意义的词干相粘接表示语法关系的语言。黏着语包括日语、韩语、土耳其语、芬兰语等。

言，也许是一种易为鸟类理解的语言。

"寂寂孤莺啼杏园。"

当皇帝念出这句诗时鹦鹉立刻对了一句。

"寥寥一犬吠桃源。"

单单记住两句诗轻而易举，何况这一联诗简单得令人怀疑是为了便于鹦鹉记忆而写的。不过，即使是更复杂、篇幅更长的文章，鹦鹉们也能当场一字不落地背诵出来。龙颜大悦的皇帝时常亲手喂鹦鹉。它们食用的饵料极为独特，由玉屑和香料混杂制成，这种饵料能使鸟鸣声变得更加清脆婉转。

皇帝若起了兴致，便会挥毫将伫立在横木上歇息的鹦鹉们的身影描画在纸上。鸟儿对成为描绘模特一事虽不讨厌，却也没表露出喜悦的样子。当皇帝把画家的目光投向鸟笼时，它们就会像被捆缚住一般纹丝不动。

有一日，其中一只白色鹦鹉忽然对皇帝开口说道：

"最近我感觉身体在迅速地衰弱。每次充当陛下的模特，生命力就好像滴落在画纸上消失无迹。再加上长时间生活在鸟笼中，我们愈发怀念故乡的森林。如果陛下愿意将我等放生，我们一生都不会忘记陛下的恩情。"

徽宗听罢不由得心生怜悯，如是说道：

"将你们放生不是难事，但是此处距离陇州可有数千里的路程啊！长路漫漫，你们打算如何回去？"

一只红色鹦鹉回答道：

"陛下无需担心。如您所见，我们凭借与生俱来的卓越记忆力轻松地记住了人类的语言。从陇西至京师的路途早已如地图般印在我的脑海中。"

于是皇帝打开鸟笼，解开了系在鸟爪与横木间的细绳。红色、白色、绿色、黄色等五色鹦鹉分别向皇帝低头行礼，告别之后振翅向西方飞去。

此事发生在宣和末年，接下来记述的故事则发生于十几年之后。

有一人名叫郭浩①，赴任途中路经陇山山麓，忽闻头顶上有呼唤声传来。他惊讶地抬头看到树枝上有一排鹦鹉，其中一只向他问道：

"你从哪里来？"

竟然在深山老林中遇到能够说人话的鹦鹉，真是咄咄怪事，郭浩心想。他遂答：

"临安。"

"请问徽宗皇帝贵体尚安康？"

"你在说什么傻话，那位大人已是先皇了。他不久前刚刚驾崩，而且是死在朔风呼啸的五国城。现在由他的儿子在临安继承大统。"

话音刚落，悲伤的鹦鹉们在树枝上摇摇欲坠，同时落下哀叹的泪水。那哭声仿佛是痛失至亲的人类发出来的。

---

① 郭浩（1087—1145），字充道，德顺军陇干城（今甘肃静宁）人，南宋初年将领。此故事见于明人张岱的《夜航船》，题曰《问上皇》。

郭浩感其深情，随即赋诗一首：

> 陇口山深草木荒，
>
> 行人到此断肝肠。
>
> 耳中不忍听鹦鹉，
>
> 犹在枝头说上皇。

忽然间，鸟儿们悉数从枝头坠落地面，眼看着化作一摊液体，溶入大地不留一丝痕迹。

不可思议的鸟类集体自杀似乎是一种隔代遗传，至今在印度北部的阿萨姆地区还时有发生。1905 年，动物学家首次发现这种现象以来，每年都有成百上千只鹦鹉和鹦哥在这里集体死亡。

1980 年，学者进行了为期三周的实地考察。他们发现，夜幕降临之际鹦鹉们纷纷俯冲着撞向路灯，大多数鸟因为猛烈撞击灯罩而死。有些濒死的鸟落在地面上，再也飞不起来，即使有人喂食也不吃，它们只是等待死亡降临。参与考察的学者们对于这些鸟为何急于寻死百思不得其解。或许，鸟儿们是在试图将自身嵌入永恒之中，以纪念八百年前死去的伟大画家。谁又能知道，它们不是为了在永恒中复活而选择拥抱死亡呢？

*

徽宗皇帝在身边聚集众多的道士，这为他招致了后世的恶评。这群道士中最有权势者当属林灵素。他擅长一种名叫五雷法的法术，能够驱使鬼神、呼风祈雨。此外他还精通文献学，时常在经筵时为皇帝讲授道经。

林灵素，字通叟，永嘉人。永嘉即是现在的浙江省永嘉县。这个充满谜题之人生平不详。据说他年少时与苏东坡一起读书，苏东坡用了两日方才通读的书籍，他过目成诵。

一说林灵素与宋徽宗初见于大观二年（1108年），一说是政和五年（1115年）。不过发生在哪一年倒也无所谓，只是此间发生的一桩逸事很有记述的价值。

崇宁五年（1106年）八月十五日夜，宋徽宗做了个不可思议的梦。

梦中，他听从玉帝的召见前往天庭最高处的神霄府。他像坐电梯似的垂直升到高空，远处的天门依稀可见。一个头戴星冠、身披法衣的仙吏站在天门之下，拉起徽宗的手走进天门，顷刻来到了一座小宫殿前。一个穿朱衣的仙吏从宫殿中走出来迎接徽宗，紧握住皇帝的手，边笑边将其引入屋内：

"陛下可曾记得，这座宫殿是您在仙界的旧居啊。"

也许是身处梦中的缘故，徽宗心中并未感到诧异。而且听他这么一说，这座宫殿的残影仿佛真从他记忆的深处映现出来。之后徽宗觐见了玉帝。

拜谒完毕后，皇帝退出宫殿，踱步走出天门，打算从天界返回人间。在他像坐上摩天大楼的电梯般飞速下落的途中，与一个道士擦肩而过。道士身着青衣，戴着一方青头巾，跨坐在青牛的背上，似乎正从下界赶赴天庭。两人擦肩而过时，一身青色的道士面朝皇帝：

"万岁，万岁，万万岁。"

青牛走得摇摇晃晃，骑在牛背上的道士随之来回摇摆。在三呼万岁后他径直向天界飞升而去。

——梦到此为止。皇帝醒来了。

三年后的大观二年，皇帝发布诏书向四海之内寻求隐逸的高士。林灵素被推荐入宫参见皇帝。看见道士的脸，徽宗发问道：

"敢问先生精通何种方术？"

"我擅使五雷法，这种方术神通广大。而且我上通天宫，中识人间，下知地府，三界万事无所不知。如此说来，有一年中秋明月夜时陛下不是曾觐见玉帝吗？您归返人间的途中，我们还有过一面之缘。"

皇帝拊掌说道：

"那时骑青牛的道士原来是先生您啊！朕一直还记得，你喊了三声万岁。"

"陛下所言极是。"

　　这就是林灵素与宋徽宗第一次相见的传说。诸如此类梦与现实的神秘契合在道家修仙的传说中经常出现，已经不足为奇。仅就林灵素本人而言，还有许多类似的逸闻流传于世。

　　宋徽宗的宰相蔡京是一个将马基雅维利主义①发挥得淋漓极致的政客。作为新法党的领袖，他起初重用道士，频频向道士们示好，以实现自己的政治野心。晚于他进入朝堂却深受皇帝宠爱的林灵素之流，无疑是令他倍感棘手的眼中钉。蔡京一直暗中等待着扳倒林灵素的机会。

　　林灵素有时会在神霄宫的一间屋子中闭关修炼，他在修炼期间完全与世隔绝，任何人都无法窥见他的样子。即使是皇帝本人前来，门依旧紧紧关闭，无人出来迎接圣驾。蔡京以为时机成熟了。

　　"林公的举动逾越君臣之礼，乃是大不敬。他在家中挂起黄罗帐，摆置了销金龙床和朱红桌椅，凡生活调度都效仿陛下，僭越之心昭然若揭。陛下前去探望他时门扉紧闭，岂不是怕人看见室内的陈设吗？"

　　皇帝决心到现场一看究竟，在蔡京的陪同下他们突然造访神霄宫，直接推门而入。

　　室内空空如也，四面白墙下只有一桌一椅，此外没有

---

① 尼科洛·迪贝尔纳多·代·马基雅维利（Niccolò di Bernardo dei Machiavelli，1469—1527），意大利文艺复兴时期的哲学家、历史学家、政治家。他所著的《君主论》提出"政治无道德"的权术思想，被人称为"马基雅维利主义"。其代表作还有《论李维》《兵法》等。

任何家具。

"怪哉！事先我已经派人探查过，屋内的龙床朱椅怎么会消失呢？"蔡京满腹狐疑地揣度着。在皇帝面前下不来台的蔡京一言不发，只有冷汗涔涔，没一会儿他就偷偷摸摸离开了。

林灵素笑道：

"陛下，请看那边。"

顺着他手指的方向，墙壁上挂着一幅小小的画。画中是金殿玉楼，细致入微地描画着黄罗帐、龙床和朱红桌椅等。那是徽宗本人的戏作，画的是他宣称将赠予道士的居所。

"蔡太师看错也情有可原。实际上，我有时也会到画中的金殿玉楼中小居数日，真称得上天上人间。"

皇帝似乎听到有声音从画中传来。

忽然间他发觉眼前的道士已经没了踪影，挂在墙壁的画中有一小如虫虻的东西在蠕动。皇帝又举目凝视片刻，霎时一阵头晕目眩。

下一刻，皇帝本人已经身处金殿玉楼之中，正与林灵素相对而坐，道士却还在笑个不停。

*

我去上野的国立博物馆之日，从清晨开始一直下雨。

每当看到这座古老的博物馆，我总是想起，昭和十五年（1940年）时博物馆的名字还是帝室博物馆。战争期间，为纪念神武天皇①即位二千六百年，这里曾举办过一场正仓院②御物特别展。那是一千二百年以来，正仓院御物首次向普通民众开放。

记得当时小学组织我们去参观展览，但是博物馆中嘈杂拥挤，观看文物时也分不清个子丑寅卯，根本谈不上参观二字，而且小孩子本身对文物展览没什么兴趣。因此，战后我在奈良的博物馆悠然踱步时才产生了参观过正仓院御物的实感。战时那次展览会本就不适合让孩子们参观。顺带一提，虽说是御物，不也是从战后才开始受到重视吗？

似乎离题有些远了。总而言之，为了亲眼看到倾慕已久的《桃鸠图》真迹，我前往了上野。

然而，我始终找不到那幅《桃鸠图》。我在二楼的展览会场逐个房间地寻找，转悠一圈后却走到了出口。然后我又把方才的路线反方向走了一遍，每个房间都仔细地确认，仍旧是一无所获。

楼梯处有一家店铺，一个打工的女学生正在忙着把

① 神武天皇，号神日本磐余彦尊，名稚三毛野尊，神话中日本的第一代天皇，天照大神后裔。传说他于公元前660年建立大和朝廷。
② 正仓院，公元8世纪修建，位于奈良的东大寺内。奈良时代和平安时代，官厅和大型寺庙将用于保管财宝的仓库称为"正仓"，这些正仓集中在一地，即"正仓院"。

桌子上的文物目录和绘画明信片摆整齐。虽然我觉得问她也没用，但我还是心存侥幸跟她打听，我指了指目录中的《桃鸠图》。

"不知道为什么，怎么找都找不到。"

女孩一脸平淡地说道。

"你是说'桃鸠'吗？这幅画只在前三天展览。因为是私人藏品嘛，很快就被收藏者带回去了。目录上不是写明白了吗？哪怕是收入目录的艺术品也经常会发生变动，不再在会场展示。"

桃鸠？得了，桃鸠就桃鸠吧。比起生气或是沮丧，我反而怀着一种忍俊不禁的愉悦，匆匆离开了展览会场。

清晨的大雨下到现在，在博物馆前打车可真是件难事。不过嘛，后来的事已不在本文的意趣之内了。

假
面

需要事先声明的是，下面的故事是从要好的友人处听来的，绝不是我本人的经历。虽然我大可不必做出这欲盖弥彰的声明，只要若无其事地当作个人体验写下来即可，但是如果我一开始就摆弄这种第一人称的文字游戏，读者肯定会提高警惕，用狐疑的目光打量这个真实的故事吧。这于我而言毫不有趣，甚至会让我大动肝火。因此，我再三强调此处写下的故事确是从友人那里听来的。如果我笔下的故事缺乏现实感而令读者生疑，那原因可不能算在我一人身上。

　　我在故事中采用了第一人称。不过如前所述，经历了这一切的"我"是我的那位友人。人称是一种不可思议的东西，将它如假面具般戴在脸上，就能够化身为小说中的任何一个人物。如此特权岂有不用之理？

　　那么，开场白就到此为止吧，我的故事即将开始。虽然絮叨得惹人生厌，但是请记住这个故事的主人公乃是非我之"我"——

这已经是十多年前的事了。当时我旅居巴黎，出于一次偶然的机会需要去一趟印度。飞机首先要前往中转地巴基斯坦的卡拉奇。那时候戴高乐机场还没有建成呢。我忘了乘坐的是哪家航空公司的班机，只记得服务是真没得说，可能是法兰西航空吧。除我之外，同舱还有两三个日本人。这种鸡毛蒜皮的小事不提也罢。

这时我感到身体有些不适。本来坐飞机就不是什么享受，特别是飞机从地面起飞直到保持水平状态为止的时间内，总有种说不清的嫌恶感。不过此时我的不适并不因为这个。坦白说吧，我的痔疮犯了。光是保持坐姿就倍感痛苦。犯痔疮的时候不宜摄取酒精，对此我当然心知肚明，但是在这种难熬的关头实在忍不住想贪两杯小酒。我向美丽亲切的空姐提出了这个任性要求。飞机保持水平飞行之后，空姐给我端来了一瓶苏格兰威士忌和一杯水。我按照平日喜欢的比例调兑了一杯掺水威士忌，愁眉苦脸地一小口一小口抿着。为了让屁股更舒服点，我没敢整个人坐在座椅里，而是背部向后仰倒，尽可能地使身体呈拱形。

我习惯在旅行期间随身带一本平时没空读的书，最好是18世纪法国的艳情小说，而且得是一篇篇读下来不费力的短篇小说集。那时，我的手提包里也悄悄躺着一本西尔万·马雷夏①的《奇异故事集》。此公在日本没有什么名气，你也许从没听说过这个名字。马尔夏是极端无神论者，尤爱写猥亵色情题材，是个相当有趣的作家呀。《奇异故事集》是我的拙劣译名，原文书名是"Contes Saugrenus"，收录了九个短篇故事。最令我印象深刻的篇目是飞机上读到的《永恒运动或魔法的收藏品》。这篇小说有趣到使我一时间忘记了屁股的不适，忍不住笑出了声。

题外话似乎说得太多了。可话说回来，我的故事从头到尾本就无一句不是题外话。接下来我想简略介绍一下《永恒运动》的故事情节。

小说的开篇写道，在摩西和基督尚未降临人世之前，欧洲处于一个名为基利耶·哀来依松②的妖精的统治下。基利耶·哀来依松本是天主教弥撒的祈祷词，竟被用为妖精的名字，作者深入骨髓的反宗教思想暴露无遗。妖精罹患一种怪病，身体的某个部位刺痒难耐。她召来了许多医生，用尽各种方法，却仍然没有消除刺痒感。随时间推移，她感到那部位越发地痒，越发地难以忍受。终于，绝望的妖精化为了嫉妒的恶鬼。人类通过男女交欢能够轻易平息这股骚动，但是作为妖精的她却无缘享受交欢的恩

---

① 西尔万·马雷夏（Sylvain Marechal，1750—1803），法国诗人、散文家、政治理论家，被视为空想社会主义和无政府主义的先驱。
② 基利耶·哀来依松，是拉丁文 Kyrie eleison，意为"主啊，垂祢怜悯"。

惠，被无法消解的瘙痒折磨着。她无比憎恨人类的男男女女。于是她施展魔法使举国上下男性的男根一个接一个地消失不见，从王公贵族到僧侣法官无一幸免。这段描写细致入微，颇值得细细玩味，但要全部引述会显得没完没了，暂且先往下继续吧。

这样一来，整个国家都陷入倾颓。女人们烦恼，而男人们更加烦恼。国王派遣使节去拜访亚洲的魔法师，讨教解决的办法。魔法师名叫潘达里斯特克·达吉斯忒普拉特利厄，听起来很像希腊语。魔法师打开仓库，向使节展示了许多神秘的道具。最后他取出了一根魔法棒说，只要把此棒赠予妖精就能够消除她的烦恼。使节高兴地返回欧洲，毕恭毕敬地将从亚洲魔法师处得来的魔法棒呈献给妖精。这根魔法棒或许只是一根巨大的假阳具。事不宜迟，妖精立刻试验了一番，尺寸恰到好处，效果堪称拔群。心满意足的妖精即刻把所有男人的男根还了回去。

这篇小说令人想起了《今昔物语集》。日本中世时期也流传着一个善使妖术的女人夺去男人们的阴茎并放入箱中收藏的故事，《永恒运动》的妖精恐怕也是个深谙此道的主儿。

妖精的烦恼终于烟消云散。她打开了陈列着男根收藏品的房间的大门。然而，男人们争先恐后地涌入房间，互相争夺着男根，结果他们手忙脚乱地把别人的男根放回自己的胯下。我们不知道是否所有男人都想找回自己的男根，其中肯定有嫉妒别人那话儿的家伙吧。不过，这种情节安排不是显然有违情理吗？这仅是我个人的拙见。所谓的男根与脸一样，是无法轻易同别人交换的东西。哎，你对此怎么想？

森鸥外[1]的《百物语》中描写过这么一个画面：隅田川中溯流而上的小舟停泊在寺岛附近的岸边后，乘客们各自找寻自己的鞋子。

> 船上客人的鞋子先被送到岸边。每条船上载的客人都不少，虽然像陪酒女那种娇小的竹屐还算容易认出来，但大多数客人穿来的都是普通的低齿木屐，因此想要找到自己的鞋可不容易。性格认真的人光脚下船到处寻找，满不在乎的人却随便拿双穿了就走，也有人要滑头只挑新的穿。我迫不得已只好等到最后才下船，在别人挑剩下的木屐里拣了一双。结果，这双木屐的跟已经几乎磨平，穿起来十分难走。（中译参照周觅译本）

穿错木屐尚且还能释怀，但找错男根恐怕会悔恨千载吧。你不这么认为吗？

---

[1] 森鸥外（1862—1922），本名森林太郎，号鸥外，别号观潮楼主人。日本小说家、翻译家、军医，明治至大正年间与夏目漱石齐名的文豪，代表作有《舞姬》《高濑舟》《山椒大夫》等。

《物体系》的作者让·鲍德里亚[①]提出过"作为符号之物"的理念。他指出"男人不会出借自己的阴茎。问题的本质就在于此"。我并不是盲目附和鲍德里亚，但我确实也觉得问题的本质正在于此。

小说其实尚未结束，一波未平一波又起，骚乱无休无止地重复着。从方才起一直围绕着西尔万·马尔夏的《永恒运动》落笔，我自己的故事却丝毫没有言及，接下来让我们书归正传吧。想来日后若有机会，抽空把《奇异故事集》译成日文发表什么的也未尝不可。不过我觉得自己也许很难有那样的闲暇。

我在飞机上读着小说，不知不觉中酣然入梦。当我再次睁开眼睛时，眼前折叠桌上的威士忌酒瓶和玻璃杯已经被拿走，收拾得很干净，只剩一本薄薄的法语小说。我的膝头盖着一条毛毯，想必是那位亲切的空姐给我盖上的。机舱内的灯关了，但触手可及的小灯还开着。寂静在蔓延，连乘客的交谈声都听不见了。

飞机飞行四五个小时后，大家都已经疲惫不堪，连说话的劲儿都提不起来。而且太阳西沉、夜幕降临后，入睡的人渐渐多了。我忽然感到一股尿意，起身从座椅上站了起来。

---

① 让·鲍德里亚（Jean Baudrillard，1929—2007），法国后现代哲学家、社会学家。他以批判当代资本主义社会而著称，著作有《消费社会》《象征交换与死亡》等。

　　我摇摇晃晃地走过机舱内通道。果然许多乘客都已沉沉睡去，把各自的毛毯拉到胸前，睡相别提多难看了。因为机舱中并不拥挤，有人甚至横躺下来睡觉，一人占用了三个座位。

　　卫生间位于通道的尽头。门上的标志不是"Occupied"（使用中），而是清清楚楚的"Vacant"（空置中）。不然，我决不会把门打开的。虽然残留了几分睡意，但我还是能做出这种程度的判断的。

　　这多么让人震惊啊。门一打开，便器上坐着一个女人。她是个身材高大的金发女郎，女式西装裤和内裤都褪到了膝盖以下。她的背绷得很直，双手把红色毛衣掀起至肚脐上面。私处一览无余——哪怕我对此很抵触。那里的毛与头发是同色的。也许是姿势的缘故，雪白的酮体显得格外高挑。

　　她长了一张什么样的脸？其实——她戴着一张面具。至今我还清楚地记得，她戴的是杰奎琳·肯尼迪①的面具，或许只是个塑料制品。

　　不用说，我慌张地关上了厕所门，灰溜溜地回到自己的座位。除此之外也别无选择了。

　　在巴黎街头随处可见狂欢节假面。从戴高乐、肯尼迪到赫鲁晓夫，还有胡志明和卡斯特罗等人，以政治家为原

①　杰奎琳·李·鲍维尔·肯尼迪·奥纳西斯（Jacqueline Lee Bouvier Kennedy Onassis，1929 年—1994 年），美国第 35 任总统约翰·肯尼迪的夫人。

型的面具格外走俏。为什么政治家的面具尤为大众所喜爱呢？我并不是很清楚。

塞瑟尔面具是一家大批量生产狂欢节假面的法国公司，创立于1842年，可以说是一家百年老店了。据说在位于法国中西部索米尔的工厂，140个工人平均每天制作3万个面具。不包括假期时间在内，该公司面具年产量能达到惊人的750万个。不仅是面具，他们还生产假鼻子、假发和多米诺骨牌等商品。十多年前的信息和今日的情况可能有些出入，然而在我微不足道的故事背后，这些事实确实存在。尤其是肯尼迪赢得大选之后，为了向美国出口，肯尼迪的面具产量飞跃式地上升。

话说，为什么那个女人特意摆出淫荡的姿势给我看呢？是因为不小心忘记从内侧关上门栓了吗？怎么想也不大可能。又或许她是个娼妇？以前的色情电影中出现过在飞机卫生间接客的妓女形象，可有些令人难以置信。就算是娼妇，可是娼妇有必要戴上面具、遮挡自己的脸吗？而且，当时我的脑海中立刻出现一个莫名念头——这个女人不是娼妇。那么只剩下一个答案，用一个老套的术语形容，就是"暴露狂"。女人藏身于卫生间中，犹如一只女郎蜘蛛无声地等待着猎物掉进陷阱的瞬间。

我现在能够将此事向你娓娓道来，是因为这绝不是什么令人不快的经历。但即使如此，这一冲击性的画面也算不上令人愉快的回忆。我已经活了五十余岁，此前此后我都不曾见过如此色情的画面。与此相比，再露骨的脱衣舞也显得健康向上。最令人躁郁不安的是，那种状况下明明应该是我侵犯了对方的隐私，我却深深感觉好像被她侵犯了似的。这究竟是为什么呢？

第二天清晨，我又去了趟卫生间。途中我悄悄地逐个观察了乘客，没有发现穿红色毛衣的女人。想必她已经谨慎地换上另外的衣服了。真是个心思缜密的对手啊！

我切身体会到，现代文明社会仍然保留着享受这种匿名性色情游戏的余地。

这次经历中还有一件令我在意的事情。当我慌忙地关上厕所门时，因为太过仓皇失措，以至于将"Pardon"（请原谅）说成了"Merci"（谢谢）。我隐约感觉，在假面之下，女人正在幽幽地窃笑。也有可能是我想多了。

*

出色的德意志文学研究者、以传神地译介霍夫曼 ① 诸多作品而著称的半钱道人石川道雄 ②，在其诗集《半仙戏》中有一篇题为《一景》的趣作。引用如下：

---

① 恩斯特·特奥多尔·威廉·霍夫曼（Ernst Theodor Wilhelm Hoffmann，1776—1822），德国浪漫主义小说家、作曲家，擅长幻想小说，作品风格神秘怪诞，著有小说《魔鬼的万灵药》、歌剧《水中仙子》、童话《黄金壶》等。
② 石川道雄（1900—1959），日本诗人、德意志文学研究者。

不可思议

又没什么不可思议

假面舞会？

原来如此

啊 梅特涅① 先生也在呀

玛塔·哈里② 也在呀

在晦暗的角落里

驴子牵起修女的手

蝙蝠紧紧搂住山羊

骑士把鸵鸟拥入怀中翩然起舞

他们想躲藏在面具之后？

意图瞒过别人的眼睛？

驴子乔装成驴子

蝙蝠装扮成蝙蝠 不是吗？

究竟假面是何物的假面？

真面目是何物的真面目呢？

无论如何

即使头藏不住了

也要把尾巴藏好

---

① 克莱门斯·文策尔·冯·梅特涅（Klemens Wenzel von Metternich，1773—1859），奥地利政治家，热衷维护大国均势政策。他主持召开维也纳会议，促成神圣同盟与四国同盟，镇压了欧洲的民族主义运动。
② 玛塔·哈里（Mata Hari，1876—1917），荷兰人玛格丽莎·赫特雷达·泽莱（Margaretha Geertruida Zelle）的艺名，20 世纪初的知名交际花。一战期间她与欧洲多国军政要员都有关联，最终在巴黎以德国间谍罪被枪决。

*

从亲密的友人口中听说这件飞机上发生的奇妙经历后，我的记忆中立刻浮现出早年读过的皮耶尔·德·芒迪亚格[①]的《莱奥诺卢·菲尼的假面》，下面引用其中一节：

> 话题回到人类的生活。玛尔孔滕塔庄园始建于16世纪，位于威尼斯和帕多瓦间的布伦塔运河的岸边。庄园中有一间引人注目的奇妙厕所。排泄的瞬间亦属于灵魂深处暧昧之物的时刻，在这一瞬间为了理解灵魂而做出种种努力或许都是值得的。这间厕所是庄园最早修建的建筑物之一，没有大门，取而代之的是一个挂在墙上的面具。在这种巧妙安排下，排便者用面具遮掩面容即可。

人类一佩戴假面就成了匿名之人。假如如厕时的模样暴露在他人的视线下，人类普遍会产生羞耻心之类的感情，然而面具使这种感情消失于无形。不，羞耻心是否会轻易消失尚且不能下定论，但至少玛尔孔滕塔庄园的设计师有心将假面用作一种魔法道具。假面起到将人匿名化的

[①] 皮耶尔·德·芒迪亚格（Pieyre De Mandiargues，1909—1991），法国小说家、诗人。他与安德烈·布勒东交好，参加超现实主义小组的活动，代表作有《黑色摩托》《玫瑰送终》等。

作用，换言之，它废除了人类的个性。

在民俗学和人类学研究的进展下，假面的社会意义已经逐渐明晰，但我的意图并非一五一十地复述前人之言。我只想列举几个事例，说明人类如何利用面具突破本来难以跨越的人类界限。所谓突破人类界限，即是超脱于现实的日常生活之外。玛尔孔滕塔庄园的厕所虽然不起眼，却巧妙地解释了面具何以具有这种功能。

据说在英国或是爱尔兰，执行死刑的人有时会戴上面具行刑。这种做法或许是出于威吓目的或是含有某种巫术的仪式意义。不过在我看来，这跟执行枪决和电椅刑罚时，执行者通过扣动扳机或者按下电钮模糊谁给予犯人致命一击的事实一样，也是一种匿名化的手段。对于令他人死亡的职业而言，这些手续无疑是必要的。

戴假面的习惯在欧洲的广泛流行，起源于 16 世纪威尼斯的高级娼妇。不久后，在威尼斯不仅限于娼妇之间，面具在普通人中迅速普及。无论贵族平民，不分男女老少，所有人都佩戴面具昂首阔步走在街上。这在世界历史上实属罕见。罗杰·凯洛伊斯 ① 声称 "18 世纪的威尼斯俨然是一个假面王国"。假面文化在这座城市历经了三百年的沉淀。威尼斯假面抹除了年龄、性别甚至阶级的差异，

---

① 罗杰·凯洛伊斯（Roger Caillois，1913—1978），法国作家，作品风格独特，以游戏与神圣事物为主题，将文学、评论与哲学融为一炉。他还将博尔赫斯、聂鲁达等拉美作家的作品译介到法国。

建立起了一个任何人都能够在一瞬间享受到恍如梦幻般的自由与平等的社会。剧院是最能发挥假面效力的场所。当贵妇人们将它戴上后，她们再也不必顾及周围的反应，对舞台上的下流台词尽情发笑。这也属于匿名化手段的社会应用。

假面舞会在上流社会的盛行是由于假面能够使人格自行解体，并且从中诱发一种无须承担责任的集体意识。如果一个未戴面具的人闯入了假面舞会，就像一个衣冠整齐的人误闯裸体主义者们的野营，恐怕现场的氛围会瞬间凝固吧。不知从何处听来的传闻，某个乱交派对的组织者为了破除羞耻心的壁垒，要求全体参加者身穿相同的浴衣。但是请不要忘记，不同于这样单纯的均质化和统一化，假面本质上是通过隐藏自身从而获取只存在于现实以外的某种能力的手段。

*

我想再说说芒迪亚格笔下的"始建于 16 世纪，位于威尼斯和帕多瓦间的布伦塔运河的岸边"的玛尔孔滕塔庄园。

歌德在《意大利游记》中如是写道：

从帕多瓦到威尼斯的旅途中，只有寥寥数语堪
记。我搭乘定期船沿着布伦塔河顺流而下，意大利人
重视礼仪，行为举止非常得体，与他们同行着实是件
乐事。两岸点缀着农园和别墅，宁静的小村庄坐落于
水泽之旁。刚驶离那里，我们又看见一条往来行人络
绎不绝的国道随着岸势延伸。水势湍急之处立有一道
水闸，不得已之下船停靠了数次。趁此机会，我们上
岸游览风光，还尝到了丰富多样的水果。随后我们
返回船上，继续向那个丰美富饶、生机盎然的世界
驶去。

仅从《意大利游记》的记述中，我们无从知晓歌德
是否参观过玛尔孔滕塔庄园。然而在他游历维琴察、帕多
瓦、威尼斯诸地时深深地陶醉于安德烈亚·帕拉蒂奥 ① 设
计的建筑，自然没有理由会错过它。玛尔孔滕塔庄园是出
自帕拉蒂奥之手的一件小巧玲珑的杰作。园中的柱式回廊
洋溢着古典美。它伫立在布伦塔河的入海口附近，被喻为
是装点这条河流的最后一件饰品。它还有一个别名叫福斯
卡里庄园，因为威尼斯的名门望族福斯卡里家族世代居住
于此。

---

① 安德烈亚·帕拉蒂奥（Andrea Palladio，1508—1580），意大利文艺复
兴时期最杰出的建筑家之一，著有《建筑四书》阐述其艺术理念，代表作
品有维琴察的园厅别墅。

　　港口都市威尼斯湿气很重，夏天格外炎热。此地的贵族喜欢在被称为"terraferma（本土）"的土地上修建别墅，在那里度过炎炎夏日。布伦塔河两岸树木繁茂，又距离威尼斯很近，走水路仅需不到一个小时的路程。于是这里成为贵族们营造别墅的绝佳地段。米其林旅游指南中写道："夏日的夜晚，来别墅消夏的贵族们共同举办庆典。他们提着油灯出门。藏身绿荫影下的管弦乐队演奏着维瓦尔第 ①、佩尔戈莱西 ② 与奇马罗萨 ③ 的曲子。"

　　玛尔孔滕塔在意大利语中意为"愤愤不平的、满腹牢骚的或者是失意的女人"。对为何要给庄园冠以如此不祥的名字，众说纷纭。有人说福斯卡里家族把女儿囚禁在这栋别墅中，她在抑郁中死去；也有人说是因为 17 世纪时瘟疫在这片土地蔓延，附近的村落凋敝荒芜。无论哪种传说似乎都不尽合理，不祥的名字反而引起了好事者的注意。我不禁好奇，芒迪亚格之所以注意到这座别墅，有几分是出于它那古怪的名字？

---

① 安东尼奥·卢奇奥·维瓦尔第（Antonio Lucio Vivaldi，1678—1741），意大利作曲家、小提琴演奏家、神父，被认为是最有名的巴洛克音乐作曲家之一，创作了大量圣歌和歌剧，最著名的作品为《四季》。
② 乔瓦尼·巴蒂斯塔·佩尔戈莱西（Giovanni Battista Pergolesi，1710—1736），意大利作曲家，意大利喜剧歌剧的先驱，对欧洲喜歌剧和古典时期音乐风格的发展有重大影响。26 岁时因肺结核医治无效去世。
③ 多米尼科·奇马罗萨（Domenico Cimarosa，1749—1801），意大利歌剧作曲家，18 世纪最重要的喜歌剧作曲家之一，作品旋律优美丰富，情调幽默机智。

　　我通读了埃克尔曼的《帕拉蒂奥的建筑》、维特科尔[1]
的《人文主义时代的建筑原理》，又参看了日本的福田晴
虔、长尾重武对帕拉蒂奥细致周密的论述，可惜却没有发
现玛尔孔滕塔庄园厕所的有关记述。从建筑学的角度审视
的话，墙壁上挂着面具的厕所只不过是一个无足轻重的问
题吧。

　　倘若今后我有机会去意大利游玩的话，定不会忘记去
玛尔孔滕塔庄园的厕所实地考察一番。

＊

　　我钟爱 19 世纪的假面文学，譬如爱伦·坡[2]的《红死
病的面具》、马塞尔·施洛布[3]的《黄金面具国王》、让·罗
兰[4]的《面具之孔》等。

　　把目光从欧洲转向东洋，我不由得联想到兰陵王的故

---

① 鲁道夫·维特科尔（Rudolf Wittkower，1901—1971），德裔美国艺术
史学家，专攻意大利文艺复兴时期与巴洛克时代的建筑艺术。

② 埃德加·爱伦·坡（Edgar Allan Poe，1809 年 1 月 19 日—1849），美
国作家、诗人、编辑与文学评论家，美国浪漫主义文学运动的要角之一，
以悬疑及惊悚小说见长。

③ 马塞尔·施洛布（Marcel Schwob，1867—1905），法国象征主义作家，
被称为"超现实主义的先驱"，其短篇小说尤为出彩，影响了博尔赫斯和
波拉尼奥等作家。

④ 让·罗兰（Jean Lorrain，1855—1906），法国诗人、小说家、剧作家、
记者，其作品深入刻画了罪人与娼妇的邪恶嗜好，描写背德场面以歌颂恶
的陶醉，著有诗集《燃烧的影子》《秋天的灵魂》等。

事。兰陵王作为舞乐的名字广为人知。历史上的北齐兰陵王高长恭佩戴一个奇怪的面具以掩饰自己柔美的面容，他率领五百骑出阵，在金墉城下大破北周军。三岛由纪夫[①]有一部短篇小说名为《兰陵王》，想必他是被这个美丽的名字所倾倒了吧。

> 兰陵王未必因自己温和的面孔而羞愧，抑或他自己暗暗为此而骄矜。然而战争，迫使他必须戴上狰狞的假面。另一方面，兰陵王也许丝毫不会为此而感到悲哀，他甚至在心里暗暗庆幸亦未可知。为什么呢？因为敌人的畏怖在于他的假面和勇武，正因为如此，他温和而俊美的容颜才能永远得到保护，不受一点儿伤害。要是死了，秘密就会被揭穿，但兰陵王没有死，他反而在金墉城下击破周的大军，胜利而归……（中译参照陈德文译本）

依照三岛式的逻辑，以勇武著称的兰陵王未能战死沙场，就如同他的人生缺少了画龙点睛那一笔。三岛为此暗自惋惜着。

最后，我想介绍从莫里斯·马格瑞的诗集《向地狱攀

---

① 三岛由纪夫（1925—1970），日本小说家、剧作家，作品充斥着糅合古典与暴烈的独特美学，代表作有《金阁寺》《午后曳航》《萨德侯爵夫人》等。

登》选译的一首诗。马格瑞虽然生活在 20 世纪中期，但他本人深受象征主义的影响，写过几首颇具古典韵味的假面诗。其中有一首名为《武士假面》。

今宵，恋人戴着可怖的日本假面，

为我跳出那支异样的舞蹈。

恍如恶魔浮现凄厉的笑

武士的火色漆中涂满绝望。

掀起长袍高过那颗头颅

紧拢的双腿、矫健的上身，

隐约袒露出曼妙的线条

这之上，恐怖的假面在跃动。

可当她想取下假面，

火色的漆已与女人的脸融为一体。

挣扎亦是徒劳，骇人的假面紧紧粘住她的脸

剥离它就将在这张美丽的圆脸留下伤疤，

愁苦丑陋将永远停留在这张脸上。

美啊！片刻遗忘了你便招徕灾祸！

恋人惊慌地发出恐惧的喊叫。

在绢布之中、鲜艳的漆下

断断续续，直至声音中只剩下愚痴。

　　　　　　　　　　＊

　　附记。

　　去年（1981 年）的 7 月，我到意大利游玩，遍访了
威尼斯、帕多瓦、维琴察等城市，旅行的顺序恰好与歌德
相反。途中，我如愿以偿地来到了玛尔孔滕塔庄园。

　　建筑的一楼至今居住着福斯卡里家的后代，游客们
只获准参观二楼。建筑北面的左右各有一条通往二楼的阶
梯。二楼的布局是厅堂、卧室以及也许是书房的小房间。
每一个房间中都挂有视觉错视画，虽然稚拙却充满了矫饰
主义色彩。画中人的腿好像要越出画框似的，圆柱充满了
立体感。地上散布着天体仪与看似大理石的木制方柱（用
来做什么？）。有一个值班的女人说不要拍照，但我还是
悄悄拍了几张。

　　然而，考察厕所一事却不了了之。虽然我找到了那间
厕所，但是由于实际居住的需要，福斯卡里家族早已将厕
所翻修过了。厕内墙壁上也不似 16 世纪那样悬挂一张面
具。我的考察报告到此结束。

童子

从北镰仓前往大船的巴士会途经栗船山常乐寺。此寺由北条泰时 ① 创建。从宋朝东渡而来的兰溪道隆 ② 在迁居建长寺之前曾是这里的住持，因此寺中规式皆依照宋禅行事。据说当时"常乐寺僧众百许人"，其香火鼎盛可见一斑。由于寺庙远离镰仓市内，到访此地的人便也日渐稀少了。离开公路向山中行个数十步，能望见一座茅草修葺的山门寂然矗立。跨进山门之后，眼前豁然出现一棵古老而巨大的银杏树。虽说是古木，但是树已经在昭和十三年被台风连根拔倒。树根部布满了细碎的裂痕，令人不忍直

① 北条泰时（1183—1242），镰仓幕府第三代执权，称江马太郎。他在承久之乱中击败以后鸟羽天皇为首的朝廷势力，后任初代六波罗探题。其制定的《御成败式目》是日本第一部武家法规。
② 兰溪道隆（1213—1278），南宋僧人，镰仓时代中期东渡日本弘法，开创禅宗大觉派。时任执权的北条时赖拜他为师，招其为建长寺的开山住持。元军入侵日本时，他因被怀疑通敌而被流放甲斐。

视。残株中冒出的枝芽向四周蔓延生长，给人一种猴面包树似的奇怪印象。鹤冈八幡宫的银杏树颇负盛名，但是至少在昭和十三年（1938年）前，伫立在常乐寺中的银杏树更加高大挺拔。传说当年别当公晓①藏身于八幡宫石阶旁的银杏树下，伺机刺杀了将军源实朝②。或许，兰溪道隆曾将常乐寺的银杏树视为故国之树，时时仰望古木以思念故土。然而，镰仓时代的银杏树是否足够遮挡住二十岁的别当公晓，这不禁引人生疑。一般认为银杏大约在室町时代或镰仓时代传入日本，在这极短的时间内断无可能长成参天大树。不过银杏与我想说的故事并无关联。

自银杏树往左，从山门一直向山深处走去，路的尽头有一座茅草屋顶的佛殿。佛殿的后方是一片竹林，一直绵延到栗船山。在竹林前并列着三座小小的墓，右边是开基北条泰时公之墓，中间是再中兴龙渊胤和尚之墓，左边是圆通大应国师之墓。三座墓都是风格简朴的五轮塔形墓地。佛殿后的右手边有一个池塘。据《新编相模国风土

---

① 别当公晓（1200—1219），镰仓幕府第二代将军源赖家次男，幼名善哉。父亲赖家在比企能员之变被逐出镰仓，后被北条氏的刺客暗杀。他在鹤冈八幡宫寺别当定晓之下出家，法名公晓，世称别当公晓、僧公晓。他在建宝七年暗杀其叔父三代将军源实朝，后被枭首。
② 源实朝（1192—1219），镰仓幕府第三代征夷大将军，幼名千幡，初代将军源赖朝之子。他在政局上受制于母族北条氏，热衷佛教与和歌。据《吾妻镜》载，重建东大寺大佛首的宋人陈和卿曾谒见实朝，称其前生乃宋朝阿育王山长老。实朝心生亲身渡宋之志，命陈和卿监造船只，但由于船身大如鲸鲵而在镰仓由比滨试航失败。涩泽龙彦曾依此逸闻创作《工匠》，收录于短篇小说集《虚舟》。

记^①稿》记载，池塘名曰"色天无热池"。相传昔日池中岛上有一个弁天社，祭祀着江之岛弁才天扈从十五童子之一的乙护童子。

昨天，我在散步途中一时兴起，顺道去了常乐寺。站在佛殿后的树木间，我朝里望了一眼色天无热池。曾经广阔的池塘，现在只剩小小一洼，让人怎么也想不到池中居然曾有一座岛。横竖看来都只不过是个随处可见的池子罢了。我为何来看这池塘呢？因为我从很久以前就对乙护童子抱有极大的兴趣，而我还未见过这间古寺收藏的乙护童子木像。

建长寺开山堂和寿福寺存有类似的乙护童子像。从照片上看，童子立像大约60厘米，又矮又胖，摆出一副孩子王似的倔强神情。他弯着腰，两只手搭在散杖杖头的八重莲华之上，再把下巴搭在手背上。这貌似是乙护童子的固定造型。就我目前看过的童子像而言，除了镰仓时期的童子以外，其余都长得相差无几。如同少年神使赫尔墨斯手握双蛇杖一样，乙护童子手握散杖也已是约定俗成。顺便补充一句，散杖是一种在密教修法时用来播撒香水的佛具。

兰溪道隆圆寂后被追封谥号"大觉禅师"。这位从中国远渡而来的归化人一直是各种传说故事的主人公。我觉

---

① 《风土记》，和铜六年（713）元明天皇敕命编纂日本旧时诸国的地方志，记载其地形、世情、物产、传说等。

得众多传说中最富趣味的就是乙护童子登场的故事。以下我把兰溪道隆简称为禅师。故事是这样的——

传说在宽元四年（1247 年）禅师来朝之际，有一个童子作为侍奉禅师的仆从跟着从中国东渡来到日本。相传这个孩子就是乙护童子。也有一说是禅师宿留常乐寺期间，童子从池水中现身，由是追随侍奉禅师。传说中的池水无疑是色天无热池。更有甚者，传禅师在江之岛闭关斋居百日间，江之岛的弁才天将十五童子之一的乙护童子赠予禅师。还有一种截然相反的传说，称弁才天为了聆听禅师讲授佛法，从江之岛赶到大船，途中弁才天与童子初次相遇。

"常乐寺僧众百许人"。当时，禅师德泽广被，名望与日俱增。事情传到弁才天耳朵里，她的好奇心油然而生。如若将女神弁才天归为花痴一流或有不妥，不过把她的行为当作憧憬明星的少女心似乎无可厚非。我看过藏于建长寺的几幅肖像，禅师相貌高贵华美，能俘获众多女性的芳心也不足为奇。

如果说禅师是一颗代表当时新兴佛教的新星，那么弁才天堪称启明星一般的存在。弁才天信仰兴盛于镰仓时代。尤其是灵地江之岛位于北条氏的势力范围内，他们对龙女化身的女神保持着虔诚的信仰。相传北条家的家系起自其先祖与龙女的交媾，又说当北条时政^①斋居江之岛时被赐予三枚龙鳞，他将之作为北条家的家纹。文觉上人^②等一批镰仓武士都争先恐后地去江之岛闭关修炼。由此可见，弁才天不愧是江之岛的女王。因此与其说她对禅师怀着少女般的憧憬，不如说是禅师声望日隆激起了女神的对抗意识。正所谓同行是冤家，两人难免要一决高下。

一日，弁才天乔装打扮，混入常乐寺听禅师讲授佛法。对此不妨做一番更深入的猜想，我想弁才天恐怕是女扮男装前去参禅的。自古以来，有"裸女弁才天"之称的江之岛弁才天以行事放浪而闻名遐迩。江户时代的《想山著闻奇集》^③甚至有记载，弁才天与一位年轻武士坠入爱河，曾两度以身相许。

因为禅师来日本不过数年，想必他的日语还不流利。不过参禅无需语言交流。其中经历了怎样的来龙去脉已不得而知，但历经此番参禅之后，弁才天态度一转，对禅师心怀崇敬。

---

① 北条时政（1138—1215），镰仓幕府第一代执权。其女北条政子嫁源赖朝，曾助赖朝举兵讨伐平氏。之后他谋杀二代将军源赖家，拥立年仅十二岁的源实朝，自称镰仓幕府执权，取代将军掌握幕府政权，为北条氏的执权政治奠定基础。
② 文觉上人（1139—1203），平安时代末期至镰仓时代初期武士、真言宗僧侣，俗名远藤盛远。他劝说源赖朝兴兵复兴源氏，后成为镰仓幕府的重要幕僚。同时他以振兴神护寺、东寺等佛教建筑而闻名。
③《想山著闻奇集》，是江户后期的随笔家三好想山编写的志怪奇谈集，共收集尾张与江户地方的五十七个奇谈故事。

然而，禅师身边有一个如影随形的乙护童子，忠诚勤恳地照顾着他的生活起居，这不可能不引起弁才天的注意。据说她使用灵力将童子变成了女儿身。

这究竟是怎么一回事呢？如果单纯是女神的恶作剧，未免有些小题大做。弁才天对日夜不离侍奉禅师的美少年只有满腔嫉妒。弁才天善妒已成定论，自古以来相恋或者新婚的男女都要尽量避免一起去参拜她。禅师和童子之间并不是男女的爱情，而只是寻常可见的男性关系，是被世俗认为理所当然的师徒关系。不过，或许弁才天披露了他们的潜意识，将隐藏在普通男性关系背后的真实暴露在光天化日之下，将伪装在师徒关系之下的禁忌公之于世。虽有过度解读之嫌，可我觉得这兴许就是真相。

乙护童子没有察觉到自己变成了容貌姣好的女性。他依旧侍奉禅师左右，朝夕同居共寝。在旁人看来，这位表面上品行高尚的大德之人暗地里是个沉溺美色的伪君子：举止虽有仙风道骨，实际上却只是个破戒的淫僧。不久后，诸如此类的风闻流传在街头巷尾。这也是情理之中的事。

被流言困恼的乙护童子最终下定决心。为了证明自己的清白，他化身成一条数十丈的白蛇，盘绕在常乐寺佛殿前的那棵大银杏树上。所谓的大银杏树就是前文提到的那棵昭和十三年被大风吹倒、残株好似奇怪猴面包树的古树。只是我先前也说过，镰仓时代的日本不可能有这么大的银杏树。

　　每每读到最后变身白蛇的一节，我总是生出这样一个念头：或许乙护童子不是随禅师一起从中国而来的孩子，而是弁才天派遣到禅师身边的使灵。弁才天不仅是真龙化身的水神，还是被无数童子侍奉的女神，据说人数达五亿八千之多。虽然我们难以从故事的结局揣测她的意图，但是派乙护童子去色诱世人眼中的高僧，对她而言可谓是易如反掌。

　　昨天，我伫立在色天无热池旁边，茂盛的木贼草中窜出来一只小蜥蜴。这让我不禁想起乙护童子的凄凉下场。

　　　　　　　　　　　＊

　　有一种童子叫护法童子。护法原指拥护佛教的护法善神，但自平安时代以来，护法的含义变成一种任凭拥有法力的僧侣驱使的魂魄。护法童子还被称为护法、护法天童，往往以少年模样示人。譬如《今昔物语集》中所描述，这些少年们约十七八岁，一头赤发，身材矮小但孔武有力，能够一瞬之内穿梭往返于上百个城镇间。常乐寺和建长寺的乙护童子像就是将上述身体特征用木雕的形式完美地再现出来。

　　所谓的乙护童子，只不过是给护法童子添上姓氏"乙"而已。这一典故最早出自镰仓时代末期的《元亨释书》①。据说书写山的性空有两位侍奉童子，一人叫乙，另一人叫若。一日，乙杀死了同伴若。性空非常愤怒，最后将哭泣着乞求饶恕的乙逐出师门。因此，护法童子性格通常粗暴易怒，这也成了他们的特征之一。乙护童子又可称作乙护法。

古时，诸如安倍晴明②等阴阳博士们差遣使唤的式神、侍奉役小角③的前鬼后鬼之众都可以归类为护法童子。他们跟随得道高僧或者名僧在退治妖魔中大显身手。平安时代中期以后相继问世的《往生传》《法华验记》等著作就记述了许多这样的故事。

例如，传说中叡山无动寺的相应和尚座下有矜伽罗和制多迦两个童子；加贺白山的开山始祖泰澄有卧行者和立行者两个童子可供差遣；侍奉安祥寺高僧佛莲的两个童子分别叫黑齿和华齿。有趣的是，童子必定成对出现，并且会取相互对应的法名。净藏法师在叡山抛出飞钵之时，会立刻出现一群调皮的孩子把飞钵里的供物偷吃个精光。这些美貌的童子身着唐土的服饰，十四五岁的模样，虽然不是成对出现，但也可以归为护法童子。这桩故事出自《古

---

①《元亨释书》，日本最早的佛教通史，由临济宗僧侣虎关师炼著，全书共30卷，用汉文体记载自佛教传入日本至镰仓后期七百余年的高僧的生平事迹。

② 安倍晴明（921—1005），平安时代的阴阳师，是从镰仓时代至明治时代初统辖阴阳寮的安倍氏（土御门家）的始祖。

③ 役小角（634—701），飞鸟时代至奈良时代的咒术师，修验道的始祖。平安时代时山岳信仰兴盛，朝廷追赠"行者"尊称，因此又称"役行者"。

事谈》^①和《发心集》，想必很多人都有所耳闻。

　　说到飞钵，诸位的脑海中想必会立刻浮现出著名的《信贵山缘起绘卷》^②吧。在中卷《延喜加持卷》里出现了一个名叫剑护法的童子。绘卷描绘了这样一幅画面：剑护法像个玩滚铁圈的孩子，手持宝剑在天空中迅速飞过，追逐眼花缭乱交飞的轮宝。差遣童子的是信贵山中的命莲法师。虽然我很想继续探究飞钵和童子之间的关联，但是在此且割爱不谈。

　　追根究底，诸如伊吹童子^③、酒吞童子^④等在御伽草子^⑤中登场的盗贼明显也属于护法童子的一类。草子本描述他们的外貌特征是"留儿童样式的刘海头，肤白体胖，容颜

---

①《古事谈》，镰仓时代的说话集，刑部卿源显兼编，收录奈良时代至平安中期462则宫廷、贵族与僧侣的故事，题材大胆，甚至涉及天皇的淫秽秘话。

②《信贵山缘起绘卷》，日本平安时代的绘卷画，作者不详，分山崎长者卷、延喜加持卷、尼公卷三卷。该画卷讲述僧人命莲在信贵山中修行以及为天皇治病的故事，与《伴大纳言绘词》《源氏物语绘卷》及《鸟兽人物戏画》合称为日本四大绘卷。

③ 伊吹童子，传说中居住于近江伊吹山麓的盗贼。相传他在母胎中滞留了33个月，出生时唇齿俱全，开口能言，猛饮烈酒。人们以为不祥，将他遗弃在伊吹山上。他被山中动物哺育成人，后来移居大江山，出没京城杀人越货或是掳掠美人。

④ 酒吞童子，传说中盘踞丹波国大江山的鬼怪头领。室町时代的御伽草子讲述了源赖光率领渡边纲、坂田金时、卜部季武、碓井贞光四天王退治酒吞童子的故事。

⑤ 御伽草子，日本室町时代至江户初期完成的三百余篇通俗短篇小说的统称。作者大多不详。1725年，大阪书肆涉川清右卫门以《御伽文库》为名刊行其中23篇，以后便成为此类小说的总称。作品取材于传说与民间故事，如《一寸法师》《酒吞童子》等。

俊美"，这和我们熟知的酒吞童子骇人的恶鬼形象截然相反。但也有一点出人意表，即酒吞童子同样以"容貌俊美"著称。刘海头是童子的一大外貌特征，在深山的修验者之间也很流行。实际上，这种发型暗示某种渴望停留在儿童时期、抗拒长大的意志。无论伊吹童子和酒吞童子有没有意识到这一点，事实上他们都是因为拒绝成长，宁可选择成为行凶作恶之人。由于与生俱来且异于常人的禀赋，他们被遗弃深山或流放远疆，于是开始了不法之徒的生涯。如果说刘海头象征着他们拒绝长大的愿望，那么深山则代表着没有时间的世界。

"刘海头"让我联想起水野十郎左卫门的故事。他是江户初期旗本奴①的头领，由于在街市上耍无赖而被命令切腹自尽。如果说他的出现是护法童子的返祖现象，我们也就不难理解为何幕藩体制下会催生出"倾奇者②"的风俗。倘若生逢其时，水野十郎或许会像酒吞童子一样，遁入那座没有时间流逝的山中。

---

① 旗本奴，指庆长年间存在于江户城的无赖团体，多是下级青年武士或武家奉公人。他们身着光鲜异服，横行街市。神祇组、吉屋组、铁炮组、笊篱组、唐犬组等六方组最具代表性，因此旗本奴又称"六方"。
② 倾奇者，日本战国时代后期至江户时代初期流行于江户、京都等地的社会风潮，指崇尚异风、穿着华丽服饰以及有超越常识行为的人。他们通常会组成团体实施暴行，为了炫耀勇武四处寻衅滋事，如在闹市跳舞或进行相扑。后在幕府和诸藩的严厉打击下销声匿迹。庆长 8 年（1603年），出云阿国以倾奇者的风俗为基础而创立的舞蹈流行全国，变成后来歌舞伎的原型。

　　护法童子原本未必是指美貌的童子，但是随着喝食①、童仆等役职越来越受到佛教的重视，美貌随之成为护法童子不可或缺的条件。据传沙门义叡在吉野山的僧房中偶遇一个隐居深山八十余载的持经僧，但是他看上去仿佛年仅二十岁。他深研法华经而悟道，得以不老不死，拥有无边的法力。这位持经僧身侧有数个"端正的童子"侍奉。这则故事出自《法华验记》，所谓"端正"是指童子相貌之清美。

　　据记载，明惠上人在高山寺的草庵彻夜苦读之时，有一个俊美的护法童子多次登门来访。以下引自《栂尾明惠上人传》：

　　　　其年冬，是夜寒风刺骨。明惠上人独自坐禅，整个身子都已冻僵，一直打坐到天色渐晓。他正打算休憩时，佛堂外传来了脚步声，似是有人走来。他从旁推开障子，那人就站在他面前。来客装束高雅，犹如吉祥天、弁才天降世。那人对他说：'想必很冷吧，我是来为您御寒的。'这位护法之后又登门拜访数次。有时会带随从一起前来。随从貌若大威德②，四五岁左

---

① 喝食，禅宗用语，指禅寺进食时担任大声传喝食物种类、食用顺序等职责的僧人。通常由寄宿在寺中的幼童担任此职。
② 大威德，即大威德明王，五大明王之一，镇守西方。六面、六臂、六足，手执诸般武器，面露怒容。传说他能征服伤害众生的一切毒蛇恶龙。

> 右，留着刘海头，手里拿着弓箭。有时穿红衣，有时
> 又穿蓝衣。（以下略）

护法身穿与吉祥天、弁才天相同的装束颇有些荒诞不经。再者说，即使明惠无意识中有幼童崇拜的情结，但是四五岁的护法未免也太年幼了。

镰仓末期时弁才天信仰一度在世间广为盛行。与此同时，护法童子也焕发出新的光彩。《金光明最胜王经》是一本传播弁才天信仰的经典。然而这部典籍的守护神乃坚牢地神[①]，即大地母神，弁才天只不过是她的眷属罢了。何况弁才天是水神，她理应同时具备母子神的双重性格特征。关于江之岛的起源有许多种版本，据说当年恶龙残杀生灵，致使民不聊生，这时弁才天从云中显世将恶龙制伏。无论何时何地，必有童子侍奉她左右。

如果将作为大地母神的弁才天喻作阿佛洛狄忒，作为使灵的乙护童子自然幻化成爱若斯或是阿多尼斯[②]。不过相较之下，我更愿将乙护童子比作捣蛋的赫耳墨斯[③]。乙护童

---

① 坚牢地神，即地天，最初为印度神话中的大地母神颇哩提毗（Prithvi），后被佛教吸收，称主掌大地之神，成为十二天之一。据说释迦摩尼在菩提树下悟道时，地天见证其佛业。

② 阿多尼斯（Adonis），希腊神话中的美少年，深受阿佛洛狄忒的宠爱。阿多尼斯被野猪咬死，在爱神的请求下，宙斯允许他半年陪伴阿佛洛狄忒，半年待在冥府。因此阿多尼斯在冬天死亡、在春天复活，象征自然的永恒循环。

③ 赫耳墨斯，是边界及穿越边界的旅行者之神，也是狡猾的小偷和骗子之神。他既赐予人类智慧与手段，又蔑视道德，肆意地搅乱秩序。

子经常手持散杖，散杖是引发奇迹的佛具，不妨看作是类似于赫尔墨斯的双蛇杖的道具。

如若将乙护童子的雌雄一体性同赫尔墨斯联系起来思考，也就无甚惊奇了。且不说常乐寺的传说，我觉得就连因歌舞伎《樱姬东文章》①而广为人知的江之岛稚儿渊的传说也是乙护童子雌雄一体性的具体表现。雪之下相承院的娈童白菊丸投身稚儿渊殒命，当初一起发誓的建长寺高僧自休藏主却独自存世。裹挟在时代的洪流中，白菊丸

---

① 《樱姬东文章》，歌舞伎狂言剧目，七幕九场，四世鹤屋南北作，文化十四年（1817年）初演于河源崎座。故事梗概：长谷寺僧人清玄与相承院的少年白菊丸相恋，二人决定在江之岛殉情。作为信物的香匣上写有二人姓名，白菊持匣盖，清玄持匣身。然而白菊丸从断崖跳入大海后，清玄却在踌躇下苟活于世。十七年后，吉田家的女儿樱姬出落成一美人，但她生来无法张开左手。某夜，盗贼权助闯入吉田家杀害了樱姬的父亲少将与弟弟梅若丸，并且夺走了传家宝"都鸟之卷"。樱姬在黑暗中看不到贼人的脸，但看到他手腕有一处吊钟刺青，便在自己的手腕上刻出相同的图案。被侵犯的樱姬生下了一个孩子，她悲叹被玷污清白遂至长谷寺剃发出家，悲悯其遇的清玄为她诵经。樱姬的左手终于打开，写着清玄姓名的匣盖掉落下来。然而在机缘巧合下，樱姬对偶然再会的权助一见钟情，两人结合。事情败露后，权助逃之夭夭。清玄却因香匣上的姓名而蒙受冤罪，与樱姬一同被放逐。坚信樱姬就是白菊丸转世的清玄向她求婚，但遭到她厌恶的拒绝。樱姬的侍女长浦与清玄的弟子残月不愿与主君共患难，趁着清玄抱病在床时令其服下青蜥蜴的剧毒。清玄半张脸泛出青色，陷入假死。来为其掘墓的权助与樱姬再次相遇，他打算让不谙世事的樱姬卖身，立刻去青楼问价。这时忽起骤雨惊雷，面容可怖的清玄苏醒过来。他说出了转世真相并求樱姬与其同死。在争执中清玄失手用刀刃割断了自己的喉咙。樱姬与权助成婚后，沦为小塚原的游女，因为她上流社会的谈吐而成了名妓"风铃姬"。然而清玄的亡灵时常徘徊引发骚乱，致使她被青楼赶了出来。一日，权助酒醉失言，吐露出杀害吉田家父子一事。得知真相的樱姬亲手杀死了权助以及与他所生的儿子。最后，樱姬取回"都鸟之卷"再度复兴吉田家。

不就是江之岛弁才天性格软弱又自甘堕落之后的使灵乙护童子吗？世人称这是男色或众道，若从乙护童子的角度考量，这种称谓简直是无稽之谈。

*

常乐寺的乙护童子传说令我想到明惠收录在《梦之记》里的一个梦。两者之间明明没有什么关联，但是它为何在我的脑海中挥之不去？或许是出于这个梦涉及两个母题"女性变形"与"龙"的缘故。下面我且详细地说一说这个梦的内容。这是承久二年（1220年）五月二十日的梦。

明惠的弟子十藏坊拿着一个陶制的香炉参见禅师。香炉是从中国传来的，炉内被分成几个隔间，其中竟放有二十余件唐土的物什。饶有趣味的是，其中有一件是两只龟交配的姿态。《梦之记》没有明确交代此物做何用途，大概是陶器摆设或者其他什么的。炉中有一尊约五寸大小的唐女陶偶，据说这尊人偶因为从唐土千里迢迢来到日本而久久唏嘘哀叹。

准确来说，当时中国已经是宋朝。兰溪道隆和传说中的乙护童子都是在宋朝坐船抵达九州的太宰府。

"来到日本竟让你如此悲伤吗？"

面对明惠的提问，人偶微微颔首。至于唐女人偶为何能听得懂日语，属实让人觉得不可思议。不过终究是场梦，也不必深究其中原委。

"好了好了。你一路颠沛流离确实令人同情。今后由我来照顾你，就别再这么伤感了。"

人偶摇了摇头。

"大师您明明是位和尚，又能怎么照顾我。"

人偶好像是在耍小性子，又好像在用美色勾引明惠。明惠同样是以美貌著称之人。他丝毫不为所动，将她放回了香炉。

过了一会儿，明惠再次取出人偶来看时，她已经涕泪涟涟。不仅眼中噙满泪水，落下的眼泪甚至打湿了肩头。她果真是为离开故国而伤心欲绝。于是明惠又说：

"我乃僧侣之身，从不曾想过慰藉女性。在这日出之国人人尊我为圣贤，故而你不必多虑，就由我来照顾你吧。"

听罢，人偶终于面露喜色，颔首道：

"那么就有劳您关照。"

明惠点了点头，人偶霎时间化身为一个活生生的女人。

最初只是个冰冷的陶器人偶，后来竟然变成有血有肉的女人。在梦境的渲染下，这个故事的第二阶段充满了奇趣。

明惠的梦至此还没有结束。我简要概述一下后面的情节。第二天，明惠带着女人一同去做法事，在场的十藏坊一脸得意地说道：

"这个女人与蛇有染。"

可是明惠并不这么想，他心中想到：

"不。这个女人绝不会与蛇有染，因为她本就是蛇。"

此时，梦醒了。

就如大家所见的那样，明惠此梦溢满情欲的气息，容易诱使我们套用弗洛伊德的精神分析理论去解释梦境。先前我已说过此梦与乙护童子故事暧昧的相似性，从另一种意义上讲，明惠之梦或许可以视作一个对乙护童子化身白蛇结局的预言。而且梦尚未结束时，明惠已经凭借肉眼识破女人的真身。明惠对这个梦自有述评，也无需我们牵强附会的分析。

"此女子乃是善妙。善妙是龙人，能化作蛇身。变为陶偶也是因其本是石头之身的缘故。"

善妙是《华严缘起》①中登场的一个唐朝女子。因倾慕为求佛法来到唐土的新罗人义湘，她追赶着义湘归国乘坐的渡船，勇敢地跃入海中化为巨龙，以身负船渡过大海。明惠之前就对善妙其人兴味颇深，就连梦中的陌生女子也非要认作善妙。倘若果真如此，身为龙人的女子自然

---

① 《华严缘起》，镰仓时代前期的绘卷物，共六卷，内容描述新罗华严宗创始人元晓、义湘两位高僧的生平。今藏于京都高山寺。相传作者为明惠上人的弟子惠日房成忍。

兼有蛇身。不消说，明惠将自身代入了义湘的角色。不过，石身的设定仍让人摸不到头脑。有记载说明惠爱好奇石，即使如此，为何梦里的女人会是石身？而石身又意味着什么呢？

我无意对明惠的武断分析逐条深究。他身上似乎有一种难以割舍的善妙情结，坚信着世间女子无一不爱慕自己，梦中与女人的问答昭示了这种执念。我们这些凡夫俗子不敢奢望的幸福，对于具备天生美貌和无垢信仰的明惠似乎只是囊中之物。究竟是什么支撑着他的信念？一生不近女色，或者说，童贞，除此之外别无其他。或许明惠身上最大的魅力在于，他用自己一生积蓄的精血净化大地上目力所及的一切。

更有甚者，或许明惠上人从世间所有女人的脸上看到了同一张乙护童子的面影。佛眼佛母是明惠个人崇仰的护身佛，他至死都虔诚地尊崇她。不过其实尊崇对象是谁也都无所谓。雌雄一体的乙护童子，最终必将化身成龙。童子化身为龙是为了拯救陷于危难中的我们。明惠的梦终究是他个人的梦，可我总是幻想着，梦的地平线那端也许能通往幸福的神话世界？

巨
像

萨德侯爵 [①] 在其长篇小说《恶德的荣光》中塑造了一个叫作明斯基的恐怖食人魔。他生于俄国，自称"亚平宁的隐者"。食人魔究其根本仍是人，但他是个能力远超凡人、嗜好残酷的巨人。这头怪物居住在人迹罕至的亚平宁山脉深处的城堡，时而掳走乡村的少女，以她们的血肉充饥。我记得童年时代听过一首歌谣：

> 从前丹波地，有座大江山。
> 山中多鬼怪，上京吃人来。

如果将亚平宁山脉换成丹波的大江山的话，明斯基的形象霎时就在我们眼前明晰可见了。明斯基是个耽于孤独

---

① 见第 109 页注释。

的狷介者，正如他自诩"亚平宁的隐者"。这类信仰独特哲学的主人公在萨德的小说中屡见不鲜。他们绝非是像栖居大江山中的酒吞童子那样，被小鬼喽啰前呼后拥、每天只知饮酒放歌、引发骚动的愚蠢角色。明斯基时刻对贵族妇女保持骑士风度。当他偶遇在意大利流浪的朱丽埃特一行人时，不仅郑重地在城堡中款待客人，还向他们展示了自己那秘密快乐的冰山一角。由此看来，虽说同为恶鬼，他终究与日本的鬼怪相去甚远。

　　著有《萨德侯爵与他的时代》一书的德国医学家伊万·布洛赫①认为，"亚平宁的隐者"的现实原型是个名叫布雷斯·费拉的盗贼。他出生于科曼日伯爵的领地，年纪轻轻就因放浪形骸和暴虐行径而被周围的人畏惮。1780年前后，22岁的他潜身于比利牛斯山脉的奥尔溪谷。据说他掠走少女和孩子，将她们百般凌辱后再吃掉，是当时臭名昭著的罪犯。在他躲在山中的三年间，受害者达八十人之多。最终他被捕入狱，图卢兹高等法院做出死刑判决。1782年12月13日，25岁的他被施以车裂的极刑。

　　比利牛斯山和亚平宁山在地理位置上相距甚远，我们很难将两者联系到一起。尽管是当地著名的罪犯，他的恶名能否传入萨德的耳中尚且存疑。总而言之，布洛赫博士

---

① 伊万·布洛赫（Iwan Bloch，1872—1922），德国医学家，性学学科的创始人之一。他发现了萨德侯爵的《索多玛120天》的手稿并在1904年用 Eugène Dühren 的假名出版。

主张费拉就是明斯基的艺术原型。我不是有意跟布洛赫博士唱反调，只是在思考是否有这样一种可能性：萨德让亚平宁隐者在《恶德的荣光》中粉墨登场之时，或许他的脑海中浮现出的是另一番形象。

这一形象并不是血肉之躯的人类，而是雕刻家创作的一尊雕像。我决无意故作惊人之语，请读者且听我细细道来。

在佛罗伦萨以北的数公里外，一个名叫普拉托利诺的小村庄坐落在亚平宁山脉之中。美第奇家族的弗朗切斯科一世[①]，即托斯卡纳大公在此地修建了一座普拉托利诺庄园。美第奇家族鼎盛之时在佛罗伦萨周边的山间建造了很多别墅，然而时过境迁，普拉托利诺庄园早已荒凉不堪，彻底被世人所遗忘，昔日的繁华未曾留下一丝痕迹。但至少到 18 世纪为止，普拉托利诺庄园与波焦阿卡伊阿诺城堡、卡斯特罗庄园齐名，堪称世界上最奢华的城堡之一，慕名而来的访客络绎不绝。在普拉托利诺庄园广阔庭院的一角，至今仍保留着被誉为 16 世纪后期最伟大的雕刻家詹波隆纳[②]的一尊雕塑。这是一座小山大小、高约三十米

---

① 弗朗切斯科一世·德·美第奇（Francesco I de' Medici，1541—1587），美第奇家族的第二代托斯卡纳大公，热心于资助艺术与文化事业。
② 詹波隆纳（Giambologna，1529—1608），文艺复兴后期雕塑家，以矫饰主义的大理石雕刻和青铜雕刻著称。他生于佛兰德，一生大部分时间作为美第奇家族的宫廷雕刻家在佛罗伦萨度过。代表作有《墨丘利》《强掳萨宾妇女》《博洛尼亚海神喷泉》等。

的石灰石巨像，人称"亚平宁的巨像"，被认为是亚平宁山脉的拟人形象。我总觉得，这尊雕像才是萨德侯爵笔下"亚平宁的隐者"的原型。

蹲踞池畔的巨像是一位愁容满面的白髯老人。他左膝着地，左手按压在一只状似猿猴的怪物的头颅上。怪兽张着血盆大口，据说以前有水从它的口中流入池塘。老人俯下身躯，若有所思地凝视水面。水面倒映着老人自己的脸。巨像的内部是空心的，如果人钻进石像中，透过巨人镂空的眼睛向下看，恰好能够眺望到水面。在美第奇家族的历任族长中，托斯卡纳大公弗朗切斯科也显得与众不同。他博学多识，寄情于世间一切奇伟瑰怪之物。他经常和情人比安卡·卡佩罗留宿普拉托利诺庄园，乐此不疲地透过巨像的眼睛俯望池面。

萨德想必听说过普拉托利诺庄园。这只需读一读他留下的文字便可知晓。普拉托利诺庄园的字眼在他的《意大利纪行》与《恶德的荣光》中都有出现。那么萨德亲眼见过亚平宁的巨像吗？我们不得而知。萨德于1775年7月末从博洛尼亚出发，翻越亚平宁山脉到达佛罗伦萨，旅途中理应途经普拉托利诺庄园。

我们不妨先这样猜想：萨德途径亚平宁山脉时参观了渴慕已久的火山，于是他在执笔撰写《意大利纪行》时耽迷于描绘这座火山而无意间把普拉托利诺庄园的巨像忘诸脑后。事实上，萨德与同时代的歌德一样格外热衷于火山。即使他身陷万塞讷的牢狱，仍不忘嘱咐手下卡尔德隆向他详细报告 1779 年 8 月 8 日维苏威火山喷发的情形。如果能亲眼眺望火山，想必萨德也会由衷感受到一股在体内澎湃的昂扬感吧。以下引用《意大利纪行》的一段文字，这段纪行文后来被原封不动地放进了《恶德的荣光》。

　　我从斯喀里卡拉西诺出发到彼得拉马拉去吃饭。走出村子一英里左右来到一片峡谷。一座火山赫然矗立在这片被炙烤得异常干燥的荒原之上。火山边缘的土地布满了砂子和石砾。我感到灼人的热气扑面而来，每向前进一步，从火山口喷涌而出的铜和石炭的气味就越发浓郁。再走近一些，熊熊燃烧的火山口豁然可见。一旦下起雨，火焰将燃烧得更加剧烈。火山口仅有十五至二十步宽，不过根据情况不同，宽度能扩展到原来的两倍。如果挖掘这一带的土地，不一会儿就能见到旺盛的火苗从铁锹下冒出来。火山口中心的土壤质地很硬，而且已经烧得焦黑。火山边缘地带的土则仿佛黏土一般可以用手捏成各种形状，还带着点儿湿气。火山口喷出的烈焰以可怕的热度将任何掷于其中的东西燃烧殆尽。火焰是紫色的，与点燃酒精所引发的火焰极为相似。

火山包含多重象征价值，具备火元素的同时又蕴藏土元素，而且萨德的观察指出火山内还存在水元素。关于这一点之后还会再次提及。我想声明的是：萨德的火山不正是邪恶的具体象征吗？萨德侯爵选定彼得拉马拉火山为食人魔明斯基的隐居地，意在使火山的象征寓于"亚平宁的隐者"之中，使两者构成二次曝光。"亚平宁的隐者"就是作为破坏永动机的火山本身。萨德在小说中将火山乔装变形成了一个食人魔，我猜想，促使他运用想象力将火山拟人化的契机或许正是在旅途中不经意眺望到的普拉托利诺的巨像。亚平宁的巨像是一切的开端，它带给萨德创造火山化身的巨人明斯基的灵感。我的猜测果真只是空想吗？

第一个将亚平宁山脉拟人化的是拉丁诗人维吉尔。《埃涅阿斯纪》的第十二卷出现了"Pater Apenninus（亚平宁父亲）"的修辞，这也是普拉托利诺庄园巨像的灵感根源。也许是托斯卡纳大公命令雕刻家詹波隆纳将"亚平宁父亲"的形象用巨像的形式表现出来。以下引用泉井久之助翻译的《埃涅阿斯纪》一节：

> 他欢呼雀跃，佩带的武器发出
> 雷鸣般巨大的声响。他那伟岸的身材
> 像阿托斯山，像厄利克斯山，
> 以及那座光芒翻涌、
> 橡树叶在风中咆哮、白雪皑皑的
> 耸立天穹的亚平宁父亲。

但丁的《神曲》(《天国篇》第二十一篇)中这样描绘亚平宁山,以下引用寿岳文章的译文:

> 在意大利的两道海岸之间,
>
> 有一些巉岩高高耸立,
>
> 与你的故乡有不远的距离,
>
> 那巉岩竟是如此高耸,
>
> 甚至在更低之处也能响起雷声……
>
> (中译参照王维克译本)

马塞尔·布里昂[①]在他的著作《幻想艺术》中关于普拉托利诺庄园的巨像如是写道:

> 人类的形象被嵌入自然的岩石。它与大地的灵魂如幻觉般混同为一体。这尊巨大的雕像是纯粹且本质性的巴洛克产物。它既不是人化的大地,也不是被赋予姓名的拟人化的山脉,更不是某种寓意式的象征,而是宇宙的缩影。

布里昂一如往常聪明过了头,卖弄些浅薄的知识。宇宙的缩影?坦白说,这位布里昂煞有介事的论调显然驴唇

---

① 马塞尔·布里昂(Marcel Brion, 1895—1984),法国幻想小说作家、美术评论家。

不对马嘴。

有一处证据表明萨德对普拉托利诺庄园的迷恋。《恶德的荣光》中有一幕是朱丽埃特受佛罗伦萨大公利奥波德邀请前往亚平宁山中的普拉托利诺庄园。朱丽埃特说："这座凉爽、安静而淫荡的庄园作为寻欢作乐之地再好不过了。"佛罗伦萨大公在这里沉溺于剖开孕妇腹部取出胎儿的残忍游戏。遗憾的是此处没有一句话提及巨像。

"彼得拉马拉的旅店是极其危险的。参观火山只需半小时就足以尽兴。与其借宿于令人感到不快的旅店，倒不如让侍从和马车在附近等待。假如在那儿住上一夜，别说遭遇偷窃了，天知道还会遇到怎样的危险。"如同萨德在《意大利纪行》中所写的一样，亚平宁山脉中的乡村旅店很久以前就有偷窃客人财物的陋习，甚至还出现过威胁客人性命的恶性事件。根本不需跋山涉水去比利牛斯山寻找盗贼布雷斯·费拉，亚平宁山脉不遑多让亦是恶人的巢穴。然而现实世界的小家子气盗贼对于塑造明斯基的形象似乎并无裨益。如前所述，明斯基作为具象化的恶与火山的形象在萨德的头脑中构成二次曝光。

*

早于萨德约两百年，1580 年的 11 月，另一位法国文人同样从博洛尼亚出发，穿越亚平宁山脉来到佛罗伦萨，也同样曾途经普拉托利诺庄园。他名叫米歇尔·德·蒙田①。对照阅读萨德的《意大利纪行》与蒙田的《旅意日记》着实妙不可言。

蒙田患有肾结石，他在旅途中经常要注意小便中是否有结石。他像萨德一样对在亚平宁山中罗伊阿诺村的旅店投宿感到胆战心惊。"这个村子里只有两家旅店。在意大利的旅店中它们是出了名的不讲信用，店主会用花言巧语哄骗旅人直至他们下马为止，旅人一旦落入他们手中就成了待宰羔羊。这种事情已经是家常便饭了。"

不同于萨德的是，蒙田似乎没有参观彼得拉马拉火山。"他们说我做了件傻事。距离罗伊阿诺十英里、离大路约两英里的地方，我忘记要去那里观赏某座山的山顶。在风雨交加的夜晚，那里可以看见直冲天际的火柱。"虽然没有明说，但这座山应该是彼得拉马拉火山。

蒙田在书中对普拉托利诺庄园进行了详尽的叙述。在此无法全部引用，所以我只把自认为有趣的一部分摘引如下：

　　这个被分成了若干个小室的洞窟真是令人啧啧

---

① 米歇尔·德·蒙田（Michel de Montaigne，1533—1592），法国作家、思想家，曾任波尔多市市长。他依据对社会的观察和自我考察，著有《随笔集》三卷留名后世。因其怀疑主义倾向、理性的内省和宽容的精神而被视为文艺复兴时期最伟大的道德主义者。

叹奇，胜过我在别处所见的一切。洞窟内铺满了不知从哪座山上搬运来的某种物质（轻石），来访者的目光不由得被牢牢钉在这些石子上。流水奏响美妙的音乐。水力驱使着无数的雕像自行运转，门扉时而打开时而又闭合，各种各样的动物跃入水中饮水。洞窟中还设置了一种机关，让洞窟整个被水淹没，或是让所有的椅子朝诸位的臀部喷水。如果诸位打算逃离洞窟，登上城堡内的石阶时，每上两步石阶，就会有数不清的细流喷涌而出，把各位浇成落汤鸡。

这座庄园的华美豪奢无法用语言描摹得尽。尤其是城堡外那条宽约五十步、长约五百步的林荫道。铺就一条如此长度的大道势必要耗费巨额的钱财。在林荫道两旁砌有绵延而气派的栏杆。林荫道上随处都能看到喷泉，一座接一座地沿着栏杆方向延伸铺展，汩汩流涌。林荫道的尽头出现一座洗衣妇造型的大理石雕塑。她端坐在一座美丽的喷泉边拧握着大理石白巾，水流从白巾前端流淌而出，注入一个巨大的水盘。雕像脚边还有一个水槽，流出来的是供洗衣用的热水。另外在城堡的厅堂有一张大理石桌子，桌旁有六个座位。当你落座之后，掀起眼前的圆形大理石盖，会发现下面仍是水槽。六个水槽蓄满冷冽的清水，将酒杯置于其中就起到冰酒的效果。桌子正中央有一个更大的水槽，用来冰镇瓶装酒。"

　　水力驱动的人偶和管风琴，庭院里遍地的洞窟、雕像以及喷泉，不仅令蒙田叹为观止，也使得这座建立在托斯卡纳大公弗朗切斯科一世的奇思妙想之上的普拉托利诺庄园闻名于世。蒙田对亚平宁的雕像有所记述，但也仅是只言片语，因为在1580年时巨像尚未竣工。"巨像现在还处于建造中。光是巨人眼睛的孔洞就有三个胳膊那么长，巨人之巨可想而知。石像建好后将有泉水源源不绝地流淌而下。"

　　蒙田在佛罗伦萨又看到了什么呢？接下来引用的文字，对于了解大公的性格不可或缺：

　　　　同一天内我们参观了大公的马厩。马厩非常宽敞，屋顶是圆形的。由于大公不在宅邸内，所以马厩里没剩几匹名贵马匹。我们在那里看见怪异至极的羊，随后是一匹骆驼、几头狮子和熊。还有一种动物，它具有猫的体形，全身布满黑白斑点，犹如大得吓人的看门犬。据说这种动物叫作老虎。

　　当时的佛罗伦萨是发达国家，美第奇家族的动物园里饲养着法国从未见过的老虎。至于怪异的羊则语焉不详，我想可能是大公进行动物学实验所用的珍稀品种或是畸形的羊，或者只不过是收藏品。

　　同一天，我们拜访了大公的宫殿。据说大公在此沉浸在亲自制造东洋石、打磨水晶的乐趣之中。因为大公醉心于炼金术和机械技术，他在建筑学上的造诣尤其高。"

　　东洋石指从东洋舶来的品质上乘的红宝石、蓝宝石以及黄玉之类的宝石。大公在这里享乐，也在这里工作。这座宫殿的前身是他的父亲科西莫在圣马可修道院领地内建造的美第奇家族的欢娱场所，大公名下的工房也设在此地。根据蒙田的记述，大公在他尤为欣赏的艺术家贝尔纳多·布翁塔伦蒂①的指导下，在美第奇工房内沉迷于仿造宝石和玻璃器皿的作业。自动人偶和喷水装置，无一不点燃他心中的热情。作为艺术家的赞助人以及颇具品味的业余爱好者，像弗朗切斯卡这般性格独特的人物在历代美第奇家族的族长中也只此一人。大公因其残暴和反复无常的性情而遭后世非难，世人将美第奇家族的没落主要归咎于他。但他与布拉格宫廷的鲁道夫二世齐名，是推动了矫饰主义艺术在 16 世纪后期蓬勃发展的最重要的君主之一。

　　正因其人这般特立独行，所以在普拉托利诺庄园的一

---

① 贝尔纳多·布翁塔伦蒂（Bernardo Buontalenti, 1531—1608），意大利矫饰主义时期的建筑家、画家，主持设计了佛罗伦萨的波波里花园。他同时是杰出的军事工程师，受雇负责佛罗伦萨、那不勒斯、费拉约港等地的防御工事。

角建造亚平宁巨像——如此异想天开的计划才得以付诸现实。其实这尊巨像并非无先例可循，譬如位于佛罗伦萨近郊的卡斯特罗庄园里保留着巴托罗米奥·阿玛纳蒂①雕刻的巨像。然而无论是规模还是相貌，詹波隆纳的巨像显然技高一筹。设计普拉托利诺庄园的人是布翁塔伦蒂，亲手雕刻巨像的人是詹波隆纳。前者出生于佛罗伦萨，后者出生于佛兰德，1556 年才来到佛罗伦萨。两个人都是大公欣赏的艺术家，并且也都不止步于建筑与雕刻领域，有时也会参与设计佛罗伦萨祭典的节目和舞台装饰。

普拉托利诺庄园的宫殿和庭院中的各种装置无一留存至今，我们只能从蒙田那样的同时代见证者的著述中寻找蛛丝马迹。当然，他们留下了相当丰富的文字材料。有一幅保存完好的画令我兴趣盎然。这幅作品出自 17 世纪佛罗伦萨的版画家斯特凡诺·德拉·贝拉②之手，描绘了普拉托利诺庄园内的一处机关装置。版画中心是一棵枝叶繁茂的栎树，围绕着巨木的树干搭建有两段楼梯，犹如香波城堡的螺旋阶梯，从楼梯能走到树上的展望台。不过由于树荫浓密，展望台的观景效果应该很差。这座被巨大的树冠所遮掩、从地面无法窥见的展望台更像是一个隐藏在空

① 巴托罗米奥·阿玛纳蒂（Bartolomeo Ammannati，1511—1592），意大利建筑师、雕塑家，设计了世界最古老的椭圆拱桥之一的圣三一桥。但丁与贝雅特丽齐相遇于此桥畔。
② 斯特凡诺·德拉·贝拉（Stefano della Bella，1610—1664），意大利地图绘制员、版画复刻师。

中的家，与矫饰主义的庭园正好相称。

我端详着斯特凡的空中之家，突然想到这不就是表现了地水火风中的风（即空气）吗？佛罗伦萨的艺术家格外迷恋炼金术的四种元素，热衷于将四种元素的象征物对称配置在作品的角角落落。想必诸位已经联想到亚平宁的巨像了。巨像作为亚平宁山脉的拟人化形象，它象征着土和火。巨像驯服了怪物，而从怪物口中流淌而出的水注入巨像脚下的池塘。土滋生出水，水升华为风，风净化作火，最后火回归于土，四种元素循环往复。莫非这座普拉托利诺庄园实际上是在暗示炼金术士所说的"柏拉图循环"吗？

当然，以上所说没有任何根据，只是我不负责任的空想和推测罢了，万望读者不要当真。当大公弗朗切斯科偷偷潜入掘空的巨像内，从巨人的眼睛眺望下方的池水，此时此刻他的脑海中究竟在想什么？对我而言这依然是个谜，一个只能是谜的谜。

同一时期，在凯瑟琳·德·美第奇①居住的杜伊勒伊宫来了一个叫作伯纳特·贝利希②的法国陶匠。他仿佛中了洞窟的邪，日夜不倦地制作着风格奇异的洞窟，凭借高

---

① 凯瑟琳·德·美第奇（Catherine de Médicis，1519—1589），法王亨利二世的王后，维持瓦卢瓦王朝的统治，挑起胡格诺战争，导致圣巴托罗缪之夜的发生。同时是位艺术爱好者。

② 伯纳特·贝利希（Bernard Palissy，约 1510—1589），法国陶艺家，以效仿中国瓷器风格而闻名，晚年因其新教信仰被监禁并死于巴士底狱。

超的制陶术使墙壁变得光彩熠熠。这种洞窟情结或许亦可视为矫饰主义的标志吧。

*

1580 年 11 月 22 日，蒙田在佛罗伦萨市内的贝基亚举行的宴会上受到大公弗朗切斯科以及大公夫人比安卡·卡佩罗的热情接待。《旅意日记》对此如是记述："大公夫人居于正座，大公坐在她身旁。紧接着是大公夫人的弟妹，然后落座的是她的丈夫，也就是大公夫人的弟弟。大公夫人或许就是意大利人眼中最理想的美人，容貌妩媚娇俏且十分高傲。她的胸部很丰满，一眼望去乳房高高隆起。难怪大公会如此迷恋她，长年宠爱她一人。大公长得又胖又黑，身高与我相仿，手脚都很大，待人的神情与态度都不失殷勤。无论大公走到哪都被一群不戴帽子、身着华服的家臣簇拥着。他看上去就是个四十岁的健壮男子，谈吐举止成熟而稳重。"

在众多比安卡·卡佩罗的肖像画中，最为人熟知的要数布龙齐诺①的作品。这位画家颇受她的青睐，为大公夫人作了二十余张肖像画。就我的喜好而言，现今收藏于波

---

① 布龙齐诺（Bronzino，1503—1572），本名阿纽洛·迪·科西莫（Agnolo di Cosimo），意大利矫饰主义画家，终身担任美第奇家族的宫廷画师。

焦阿卡伊阿诺城堡的那一幅最好，画中的夫人右手攥着乐谱。这幅画应该创作于她和大公正式成婚之后。确如蒙田的观察，在这幅画中不难发现她"妩媚娇俏且十分高傲"，但也能发现与其晚年肖像画的不同之处。在布隆齐诺不动声色的笔触之下，那张宛如冰冷假面的脸之后能够嗅到一丝恬静的色情气息。

诸如比安卡的家世抑或她成为大公夫人的经历，我想是无需赘言的。至于这位威尼斯商人女儿的偷情游戏，她与大公前妻、奥地利皇帝的女儿约翰娜的竞争，身边频发的离奇死亡给她带来的下毒嫌疑，沉溺于魔法与媚药的流言蜚语，为了给大公生下继承人耍弄的伎俩……凡此种种暂且一笔带过。时至今日，由于没有表明她下毒的确凿证据，认为她蒙受冤屈的论调反而占据上风，不如说死后长年饱受恶评的比安卡·卡佩罗正在逐渐恢复名誉。如今世人更倾向于把她视为一个为爱而生、为爱而死的纯粹之人。

不过，我对洗刷比安卡身上的污名一事毫无兴趣。随着历史的流变，比安卡摆脱了恶女之名，倒让我感到些许遗憾。她无疑深爱着这座普拉托利诺庄园，所以才会与丈夫时常在庭院中携手散步，或是远眺亚平宁的巨像。如果事实如我想象，萨德是在意大利旅行途中不经意看到亚平宁的巨像，从而创造出《恶德的荣光》的明斯基的话，那么小说中闪耀着光辉的女主人公朱丽埃特不就是比安卡·卡佩罗的化身吗？或许连萨德本人都没有意识到这件事。

*

1585 年 3 月，在蒙田意大利之行的五年后，有一行日本人到访佛罗伦萨并在普拉托利诺庄园见到了比安卡。他们就是天正遣欧使节^①的少年们。

他们从西班牙坐船来到里窝那，取道比萨前往佛罗伦萨，所以没有像萨德和蒙田一样翻越亚平宁山脉。3 月11 日，少年们从市内出发专程去拜访山间的普拉托利诺庄园。或许在当时，来到佛罗伦萨的旅客首先想到的观光胜地就是这座庄园。四个少年分别是伊东满所、千千石米盖尔、中浦朱利安以及原马罗奇诺。《天正遣欧使节记》记载了千千石米盖尔的话，此处采用的是泉井久之助的译文：

> 这座山庄附近景色优美，位于佛罗伦萨（北部）一里格^②远的地方。这里萃集了所有能使人耳目愉悦

---

① 天正遣欧使节，天正十年（1582 年）信奉天主教的大名大村纯忠、大友宗麟和有马晴信在传教士范礼安的建议下向教皇格里高利十三世及西班牙国王腓力二世派遣了四位少年使节。他们于 1585 年抵达罗马，1590 年返回长崎。
② 里格（League），欧洲古老的长度单位，通常定义 1 里格为 3 英里，约 4.828 公里。

的东西。首先是赫然矗立的两座宫殿，一座建在高处，一座建在低洼处。前者用来接待宾客，后者内安置了各种休养身体的设施，主要作为愉悦身心的场所。

随后，他详细描述了宫殿的日用品和窗帘之类的织物，庭院的喷泉和洞窟的自动人偶等等。如果全部引用的话未免失之冗长。况且前文引用的蒙田文章已有涉及，重叠的部分便不再赘述。遗憾的是，他们留下的记述对巨像未置一词，但是他们应该不可能没有看到。以下再引用一段关于动物园的文字：

> 且说我们回到佛罗伦萨后，参观了一个无与伦比的动物园。为了夸耀这座城市的骄傲，他们动用了莫大数量的劳力和费用，把从世界各地捕获的可怕猛兽饲养于此。在这里有十几头狮子。这种野兽凶猛异常，世间难得一见，想要捕捉更是难如登天。另外，园中还有四头老虎、四头熊，还有两只长得像豹子的山猫。

蒙田到访时只有一头老虎，其后五年间似乎不仅是老虎，许多动物的数量都有所增加。米盖尔提到，托斯卡纳大公和大公夫人卡佩罗无比热情地迎接了远道而来的客人，甚至热情得让他们有点不自在。在大公夫人举办的欢迎舞会上，18 岁的伊东满所接受夫人的邀请，牵起她的手跳了人生的第一支舞。比安卡那时已经是 37 岁的半老徐娘，或许那份被全欧洲传颂的美貌还余留了几分风韵吧。她的笑颜在这些身处异国、愁苦郁结的少年们的心中会留下什么样的印象是不言而喻的，想必就如同喀耳刻[①]嘴角的浅笑一般。

比安卡直到最后都对少年们热情有加。在分别之日，她招待四名少年来到自己家中，给他们展示了金银首饰和珍珠宝石。她表示无论少年们看上什么，她都可以将之当作饯别礼物赠予他们。这时候，伊东满所提出自己对她的肖像画十分倾心，并且想得到一幅。这个 18 岁少年似乎已经懂得如何取悦比安卡的虚荣心。反过来看，少年说出这么大胆的话，或许是仗恃夫人的恩宠撒娇？不出意料，他成功讨得比安卡的欢心。此时布龙齐诺已经去世，那么伊东满所拿到的又是何人的作品呢？

小栗虫太郎[②]在《黑死馆杀人事件》中将出身长崎县、

----

① 喀耳刻（Circe），希腊神话中的女巫，能用魔药使人变成狼、狮子或猪。《神谱》称她是太阳神赫利俄斯的女儿。《荷马史诗》中，奥德修斯在返乡途中经过喀耳刻居住的岛屿。她在盛情款待船员的饭菜中下药，把他们变成猪。在赫尔墨斯的帮助下，奥德修斯识破了女巫的阴谋并赢得了她的爱情。喀耳刻预言他将会遇到卡律布狄斯漩涡和塞壬女妖，并告诉他通过这片海域的方法。
② 小栗虫太郎（1901—1946），日本推理作家。其作品风格奇诡，别具一格。著有《黑死馆杀人事件》《完全犯罪》等。

住在黑死馆的降矢木一族的先祖设定为比安卡和千千石米盖尔两人的私生子。他巧妙利用天正遣欧使节在佛罗伦萨滞留的六天时间，设计出令人惊叹的故事，让人不得不佩服推理小说家的奇思妙想。然而这种事情在现实中发生的几率恐怕连万分之一都不到。虽说在普拉托利诺庄园的六天里，比安卡和米盖尔或许能找到机会在大公的眼皮子底下幽会。但迫切渴望生下男婴的比安卡与大公多年来一无所获，却在37岁之年与来自异国的少年一夜欢愉后怀上孩子，实在难以想象。哪怕这件事真的有可能发生……这种问题再认真考虑也没有任何意义。

初版后记

　　我不知道世界上是否存在"德拉科尼亚（ドラコニア）"一词，至少手边的词典里查无此语。不过这也无伤大雅。如同沃尔特·雷利[①]为称颂童贞女王而将北美的一块地方命名为"弗吉尼亚"，航海家麦哲伦把巨人族巴塔贡人栖居的土地称为"巴塔哥尼亚"，我不过是将龙彦的领土称之为"德拉科尼亚"罢了。

　　在希腊语和拉丁语中，"龙"的发音不是"dragon"，而是发清音的"drakōn"或者"draconem"。

　　"德拉科尼亚"即龙彦之国，其国土面积大约等于我家这一方狭小的书房。虽然面积狭小，却可谓伸缩自如。

[①] 沃尔特·雷利爵士（Sir Walter Raleigh，1552—1618），英国探险家，伊丽莎白一世的宠臣。1584年他率远征队到佛罗里达北部海岸探险，将这块地区称作"弗吉尼亚"。他在圭亚那寻找黄金无果，后被詹姆斯一世以叛国罪处死。

《德拉科尼亚绮谭集》（原书名）辑录的十二篇物语或逸事，皆是在这间书房中写成。

　　十二篇文字于昭和五十五年（1980年）5月起至五十六年（1981年）6月连载于杂志《Eureka[①]》，期间休载两回。收录进单行本时，每篇都有稍做改动，篇目顺序也与连载时略有不同。在此致谢连载中承蒙关照的坂下裕明先生以及玉成本书出版的西馆一郎先生。

涩泽龙彦

---

① Eureka，希腊文的感叹语 Εύρηκα，意为"我发现了"。相传是阿基米德测量出黄金纯度时说的话。

图书在版编目（CIP）数据

龙彦之国绮谭集 / （日）涩泽龙彦著；王子豪译
. -- 成都：四川人民出版社，2020.3（2022.12 重印）
ISBN 978-7-220-11686-5

Ⅰ . ①龙… Ⅱ . ①涩… ②王… Ⅲ . ①随笔—作品集
—日本—现代 Ⅳ . ① I313.65

中国版本图书馆 CIP 数据核字 (2019) 第 266770 号

四川省版权局
著作权合同登记号
图字：21-2019-565

DORACONIA KITAN SHU by TATSUHIKO SHIBUSAWA
© RYUKO SHIBUSAWA 1989
Originally published in Japan in 1989 by KAWADE SHOBO SHINSHA Ltd.Publishers
Chinese（Simplified Character only）translation rights arranged with
KAWADE SHOBO SHINSHA Ltd.Publishers, TOKYO.
through TOHAN CORPORATION, TOKYO.
本中文简体版版权归属于银杏树下（北京）图书有限责任公司

LONGYANZHIGUO QITANJI

龙彦之国绮谭集

著　　者	［日］涩泽龙彦
译　　者	王子豪
选题策划	后浪出版公司
出版统筹	吴兴元
编辑统筹	梅天明
特约编辑	谢　霄
责任编辑	熊　韵　杜林旭
装帧制造	尬　木
营销推广	ONEBOOK

出版发行	四川人民出版社（成都三色路 238 号）
网　　址	http://www.scpph.com
E – mail	scrmcbs@sina.com
印　　刷	北京天宇万达印刷有限公司
成品尺寸	130mm × 185mm
印　　张	7.5
字　　数	96 千
版　　次	2020 年 3 月第 1 版
印　　次	2022 年 12 月第 4 次
书　　号	978-7-220-11686-5
定　　价	39.80 元